る

与力・仏の重蔵2

藤 水名子

時代小説

二見時代小説文庫

目次

第一章　歳《とし》の市　7
第二章　いやな萌《きざ》し　62
第三章　波紋　114
第四章　《拳《こぶし》》の青次　165
第五章　許されざる者　219

密偵《いぬ》がいる——与力・仏《ほとけ》の重蔵2

第一章　歳《とし》の市

一

師走《しわす》、十八日。

江戸の辻々には、早朝の冷たい風が吹き荒《すさ》んでいた。

文字どおり、師匠をはじめ、道行く人たちの足どりが自然と早まる。じっとしていては凍《こご》えそうな寒さだ。そのため無意識に背を丸めがちにし、小走りにもなるのだろう。

行き交う人々の吐く白い息は、まるで空中を漂う真綿《まわた》のようにも見えた。

なにしろ、人の数が尋常ではない。少しでも足どりの重い者がいて人の流れが滞《とどこお》れば、忽《たちま》ち路上が支《つか》えてしまう。もとより、足の遅い老人も女子供も、流れに遅れぬよう、懸命に歩を進める。

遅れる者も迷惑だが、我がちに先を急ごうとする者もまた、流れを乱す元凶となる。

そういう身勝手な輩《やから》は、前の者をグイグイ押し退《の》けようとして、どうしても進めぬと、

「爺《じじい》、もたもたすんなよッ」

前を行く老爺《ろうや》に八つ当たりしたりする。

「おい、いい加減にしねえか。こんな人混みで、てめえの勝手がまかり通るわけもねえだろう」

見かねた者が注意しても、当然そいつは聞く耳などもたず、

「うるせえな。えらそうにするんじゃねえよ、トンチキがッ」

今度はその相手に牙を剝く傍若無人《ぼうじゃくぶじん》ぶりだ。

「なんだとう、てめえ、喧嘩《けんか》売ってやがんのか！」

「おう！　売ったがどうしたい。買う度胸があんのかよ！」

気の短い江戸っ子同士、忽ち穏やかならぬことになる。一方が一方に殴りかかろうとすれば、一方はそれをかわしつつ、相手の胸倉を摑《つか》みかける。二人とも、面構《つらがま》えは太々《ふてぶて》しく、体格も大柄な職人風の者同士だ。大工《だいく》の棟梁《とうりょう》か鳶《とび》の親方か。何《いず》れもそん

なところだろう。

「てめえ!」

「この野郎ッ」

ともに大柄な体格の者同士、身動きすら難しい人混みの中であるため、思いどおりに体を動かすことができない。

「おいおい、やめろよ、こんな人混みで」

遂《つい》には、迷惑顔の周囲のひとびとから苦情を訴えられる始末——。

いつもながらの、縁日の参道の光景だ。

迷惑顔はするものの、周りも慣れているので、少しずつ身を寄せて場所を空け、彼らの好きにさせようとする。厄介事には、できれば関わりたくない。刃物など持ち出されてはかなわないのだ。

「畜生、てめえ、ぶっ殺してやる」

「なんだとぉ? やれるもんなら、やってみやがれッ」

「おう、やってやらぁ!」

「やめねえか」

いきりたった両者は不意に、背後から強く肩を摑まれ、引き離される。身を捩《よじ》って

顧みるなり、

「…………」

ともに目を見開いて絶句するしかない。

彼らの肩を摑んで強引に引き離したのは、身なりのよい壮年の武士だった。それだけなら驚くには値《あたい》しない。驚くべきは、その武士の顔が、揉め事にはあまりに不似合いな、柔和な恵比寿《えびす》顔であったことだ。いくら武士とはいえ、通常こういう顔つきの者は、自ら諍《いさか》いに関わったりしないものではないのか。

そのせいか、

「なんでえ、てめえはッ」

二人は忽ち反抗心を剝き出しにし、武士に食ってかかった。

「二本差しだからって、でけえ面《つら》はさせねえぜッ」

「おう！　ここは天下の観音様の参道でい！」

「その観音様の参道で、喧嘩なんぞおっぱじめたら、それこそ罰当《ばちあ》たりってもんじゃねえのかい」

武士の言葉つきには威圧的な気色《けしき》は微塵《みじん》もなく、寧《むし》ろ幼児にでも言い聞かせるかのようにもの優しい。

　だが、口調のもの柔らかさとは裏腹、二人を捕らえた腕は意外に力強く、如何《いか》に抗《あらが》い、藻掻《もが》こうとも、容易に解放されそうになかった。

　天下の大道で喧嘩しようという男たちだ。ともに、腕っ節自慢だからこそ、挑《いど》んだのだ。そんな二人が、一人の武士に肩を押さえられ、ピクとも動けない。

「畜生」

「てめえ……」

　動けぬどころか、力が抜けてしまいそうなほどに強く摑まれている。

「畜生ッ、いて、いててて……」

「は、離せ、いてえじゃねえか」

「お、こいつぁ、悪かったな」

　男たちの口々の苦情に応じて武士は手を放し、二人は忽ち、その場にへたり込む。

「旦那！」

「戸部《とべ》の旦那じゃねえですか」

　人混み中から武士に向かって声をかけた者があった。見れば、浅草《あさくさ》から広小路《ひろこうじ》あたりを縄張りにしている目明かしの権八《ごんぱち》とその手先である。

「おう、権八」

と武士が気さくに笑いかけた権八親分は、この界隈《かいわい》では鬼のように恐れられる男だ。喧嘩していた男たちは、権八の顔を一目見るなり、声にならない叫びを発した。驚きと恐怖の叫びにほかならない。

「どうしました、旦那？　こいつら、なにか悪さを？」

「なんでもねえよ。そう目くじらを立てなさんな」

ことともなげに武士は破顔《わら》い、

「歳の市の人混みン中じゃあ、珍しくもねえことだよ」

言い放ったときにはもう歩きだしていて、権八が止める暇もなく、人波の中へと消えて行った。

「あ、あのう、親分さん……」

「あのおさむらいさまは？」

喧嘩を止められた男たちが、権八に向かって、恐る恐る問いかける。

「与力《よりき》の旦那だよ」

「え？」

「あのお人に見咎《とが》められるなんざ、おめえら、運がよかったな」

武士の後ろ姿を少しく見送ってから、権八は男たちのほうに向き直り、

「仲裁したのが《仏《ほとけ》》の重蔵《じゅうぞう》じゃなけりゃあ、おめえら、敲《たたき》の五十くれえはくらってたかもしれねえぜ」

ニヤリと不気味に笑いかけて、二人を心底震え上がらせた。

仏の微笑ならともかく、鬼の笑いほど恐いものはない。

「あのお方が、《仏》の重蔵……」

「あのお方が……」

その名を聞くなり、二人は口々に呟《つぶや》き、再びその場にへたり込んだ。《仏》の重蔵という名を、聞き知っていたからにほかならなかった。

「浅草の観音様」と呼ばれ、庶民に親しまれる浅草寺《せんそうじ》の歴史は古く、その由来は推古《すいこ》天皇の御代《みよ》にまでさかのぼる。

よって江戸入府の際、徳川将軍家はこの寺を重んじ、五百石の寺領を与えるとともに、焼失していた伽藍《がらん》及び五重塔を再建した。再建された寺には当然参詣人が集まるようになる。参詣人が集まれば、参道は賑わい、商店が建ち並ぶことになる。

大御所家斉《おおごしょいえなり》の在世もそろそろ五十年にも及ぼうという天保《てんぽう》年間のこの当時、浅草寺の表参道は江戸でも屈指の盛り場と化している。

三社祭《さんじやまつり》は言うに及ばず、針供養や四万六千日《しまんろくせんにち》などの年中行事には、それこそ江戸中の人間が集まってくるのではないかと思うほどのすごい人出《ひとで》となる。人出の多いところには、常に揉め事がつきまとう。

揉め事とは即《すなわ》ち、犯罪と言い換えてもよい。

親に連れられてきた子供が迷子になれば、そのまま金輪際親許《こんりんざいおやもと》に戻らぬこともあるし、懐《ふところ》の財布を失うなどは日常茶飯《さはん》だ。

「与力の旦那が平同心《ひらどうしん》並に見廻りですか」

と揶揄《やゆ》する者は、いまは殆《ほとん》ど、重蔵の周りにはいない。

かつて火付盗賊改方《ひつけとうぞくあらためかた》の同心として数々の手柄をたててきた直参《じきさん》の戸部重蔵が、異例の大出世で南町奉行所の与力となってから、二年余りが経つ。

着任当初、通報を受ければどんな現場でも自ら足を運んで捜査をおこない、暇さえあれば平同心と同じく市中の見廻りにも出向く、およそ与力らしからぬ重蔵に、周囲は仰天《ぎょうてん》した。同時に、甚《はなは》だ警戒もしたことだろう。前例のない型破りの与力が、はじめから歓迎されるわけがない。なにか企んでいるのではないかと勘繰《かんぐ》られ、あからさまに迷惑顔もされた。だが、重蔵の仕事ぶりにはなんの裏表もなく、部下である同心たちのあら探しをしようなどという魂胆《こんたん》は微塵もない。

目の前に、困って助けを求めているものがあれば、たとえ野良猫一匹でも放っておけないという重蔵の人柄は、やがて皆にも知れ渡った。そうなると、骨身を惜しまず同心の職務にあたってくれる重蔵は、同心たちにとっても頼もしい仲間だ。同心たちも、彼らの下にいる目明かしやその手先《てさき》たちも皆、いまは畏敬の念を以て重蔵に接している。

「戸部さま」

不意に声をかけられ、それが誰かを充分に察しつつ、重蔵は振り向いた。

「早ぇな、喬《きょう》」

「いえ、戸部《とべ》さまこそ」

少年の面影をのこした若い同心が、頬を紅潮させつつ足早に駆け寄って来る。

十八歳の新米同心・林田喬之進《はやしだきょうのしん》は、目明かしも手先も連れておらず、一人きりで人混みの中にいた。

親のあとを継いでの出仕であれば、親の代から使っていた目明かしやその手先がいる筈《はず》なのだが、生憎《あいにく》喬之進の父・源治郎《げんじろう》は、覚書の執筆などを主な職務とする、所謂《いわゆる》「文官」だった。重蔵と同じく火盗に籍をおいたこともあり、その後は定町廻《じょうまちまわ》りも勤めたが、腕に覚えがないため、現場に赴《おもむ》いた経験は殆どないだろう。故に、父の代からの馴染《なじ》みの目明かしというものがおらず、出仕してから紹介された者たちとは、なかなか心を通じることができないようだ。

そもそも目明かし・岡っ引きなどという人種は、「親分さん」と通称されることからもわかるとおり、到底堅気《とうていかたぎ》とはほど遠い者たちだ。中には、裏の世界に詳しいということから登用された前科者などもいる。世間知らずの喬之進にとっては得体《えたい》の知れない、薄気味悪い連中なのだろう。容易に心を許せるわけもない。だが、彼らを上手に使いこなすこともまた、同心の職務を全《まっと》うするためには必要なのだ。

「なんだ、一人か？」

だから重蔵は、わざと冷ややかに問い返した。

「はい」

「駄目だなぁ」

「え？」

「今日は何の日だ、喬？」

「え、何の日って……あ、歳の市です」

「そうだ」

大きく肯《うなず》いてから、

「だから、朝っぱらから、この人出だ。これだけの人混みン中だとなあ、なにが起こるかわかんねえだろ」

喬之進の顔をじっと見据えて言う。

「…………」

「喧嘩は言うに及ばず、掏摸《すり》かっぱらいから、それこそ、殺しまで、あらゆる悪事が起こっても不思議はねえんだぜ。そんなとき、おめえ一人でどう対処するつもりだ？」

「そ、それは……」

「こんな日はな、目明かしやその手先を連れて歩かねえと、見廻りする意味がねえんだよ」

「されど、戸部さまとてお一人ではございませぬか」

と口には出さぬが、そういう不満をありありと湛《たた》えた目で見返す喬之進に、

「同心と目明かしが連《つる》んで歩いてりゃあ、結構目立つだろう。あそこにお上《かみ》のお役人がいると思えば、悪い奴らも、ちったあ憚《はばか》っておとなしくしてるもんだ。それに――」

諭《さと》す口調で重蔵は言い、言うなり、羽織の外に覗いていた喬之進の十手《じって》をスッと取

り上げた。

「あッ」

「何度言えばわかるんだ？　こんな人混みで、これ見よがしにチラつかせて、すられでもしたらどうする？」

小声で耳許に囁《ささや》きつつ、恐縮する喬之進の無防備な懐《ふところ》に十手をねじ込んだ。

「申し訳ありません」

喬之進は生真面目《きまじめ》に一礼するが、

「気をつけろよ。そこいらじゅう、巾着切《きんちゃっき》りだらけだからな」

そんな喬之進をその場に残し、重蔵は足早に歩きだす。

「あ、戸部さま、お待ちを、それがしも……」

忽ち人の流れに呑まれて行こうとする重蔵の背中を、喬之進は慌てて追いかけた。周りが掏摸だらけ、と言われて、一人でこの混雑の中にいるのが急に不安になったのだろう。

だが、重蔵のあとを追いつつ、十手を呑み込んだ懐のあたりを無意識に押さえているため、そこに大事なものを隠し持っていると言いふらしているようなものだった。これ見よがしに腰にぶら下げて歩くよりはましだが、腕のいい掏摸には恰好の獲物である。もっとも、腕のいい掏摸というものは並外れて慎重であることが多いから、あえて二本差しの懐などは狙わないだろうが。

（あの坊やを一人前にするには、一体何年かかるんだろうなぁ）

喬之進の息づかいを背後に聞き流しながら、重蔵は思った。

実際に十手持ちが十手を奪われた上、万一それを悪用されでもしたら切腹ものである。喬之進のためにも、息子に跡を継がせるため自ら役を退いた彼の父親のためにも、そうならないことを、重蔵は切《せつ》に願った。

二

歳の市で賑わう浅草寺の境内には、華やかな装いの者が多い。

倹約令《けんやくれい》の厳しき折、華美な綾錦《あやにしき》は言うに及ばず、絹物《きぬもの》すら身に着けるのが憚《はばか》られるが、縁起物故《ゆえ》値切らず言い値で買うのが良しとされる歳の市の日にまで貧乏くさい恰好はしたくない、と思うのが人情だ。

大店《おおだな》の主人は大勢の奉公人を引き連れ、持参した長持《ながもち》に入りきらぬほどの品を購入して帰る。帰りは当然料理屋へ寄り、奉公人たちに大盤振舞する。名のある料亭にあがるとわかっているから、主人が紋付き袴できめてくるのは勿論、奉公人たちも皆、この日は一張羅《いっちょうら》を身に纏《まと》う。

大店の主人ほど豪勢にはできずとも、見栄《みえ》っ張りの江戸っ子たちは皆、多少なりとも晴れがましい装いをしたいと思うだろう。

ましてや、年頃の娘ともなればなおさらだ。

娘たちが喜ぶ正月道具といえば、なんといっても羽子板《はごいた》である。

羽根つき自体は古く王朝時代からおこなわれてきた遊戯だが、江戸期に入って押絵細工の豪華な羽子板が作られるようになり、子供たちの正月遊びとしても民間に浸透した。

また、羽根のほうは邪気を払う「魔除《まよ》け」の効果があるとされるため、縁起物としての意味もある。そのため、女の子の誕生に際して羽子板を贈る習慣もできた。

近年は、人気役者の似顔絵を象《かたど》った羽子板なども売られるようになり、それこそ江戸中の女が集まってくるのではないかと思うほどの数の女たちが、歳の市に来る。

ご贔屓《ひいき》の役者の姿を求め、胸ときめかせてのお出かけだ。当然めかし込んでくる。

富家の娘なら、禁じられている絹物を纏い、髪もつややかに結い直してもらう。絹物を身に着けられぬ貧しい家の娘でも、紅梅《こうばい》や蘇芳《すおう》など、精一杯鮮やかな色合いの着物を身に着ける。

　華やかな色の衣裳を身に着ければ、それに相応《ふさわ》しい装飾を施したくなる。

　女たちの髪を飾る簪《かんざし》の類《たぐい》も、よく見れば珊瑚《さんご》や白銀《しろがね》等、ご禁制の贅沢品に溢れている。

（いいねぇ）

　贅沢品を見かけるたび、青次《せいじ》の目は歓《よろこ》びに輝く。

（いつもそれくれぇ気張っててくれりゃあいいのになぁ）

　人いきれの中で華やかな装いの女たちと擦れ違うたび、青次は思った。

（だいたい、てめえの稼ぎでなに買おうと勝手じゃねえかよ。お上《かみ》にとやかく言われる筋合いはねえんだよ）

　どんなに豪奢《ごうしゃ》に見えようと、庶民の贅沢《ぜいたく》など、たかが知れている。それを厳しく禁じたからといって、逼迫《ひっぱく》した幕府の財政がどうにかなるとは到底思えない。そんなことは百も承知であろうに、飽きもせず、お上は庶民の愉《たの》しみばかりに目を光らせ、厳しく取り締まる。うっかり役人の目にとまれば、よくて過料《かりょう》、運が悪ければ手鎖《てぐさり》か敲の刑だ。

　ために、下々《しもじも》の女たちは、髪に挿《さ》す簪一つにも気を遣う。お触れに反することのないよう、なんの装飾も施されていない安物の櫛《くし》に、安物の簪で我慢する。簪一本のことで、罰を与えられたくはないからだ。

だが、日頃は些細な落ち度でも因縁をつけて小金を掠《かす》め取ろうという魂胆から、厳しく目を光らせている強請《ゆす》りめあての目明かしも、歳の市のこの日ばかりは見て見ぬふりをする。大群衆の中でお上の威光など振りかざし、彼らの反感を買うのはよろしくない。

ただでさえ、庶民は日頃から鬱憤《うっぷん》を募らせている。ためにこの日は、そこかしこで喧嘩騒ぎが堪えない。ちょっと耳を澄ませば、口汚く罵《のの》り合う声音《こわね》が彼方此方《あちこち》から聞こえてくる。彼らの気持ちを下手《へた》に逆撫ですれば、怒り狂った暴徒によって、逆に袋叩きに遭うかもしれなかった。

そんな、殺気溢れる混沌《こんとん》とした人混みの中で、

(お……)

青次はふと足を止め、そのとき擦れ違った娘の後ろ姿に見入った。

歳の頃は十六、七の、色白で可愛い娘だが、青次が目をとめたのは娘の面貌ではない。

無意識に凝視したのは、娘の髷《まげ》に挿された、見事な細工の錺簪《かざりかんざし》だった。

白銀の錺《かざり》に陽が映え、一瞬強く青次の目を射るが、青次の目は眩《まぶ》しさにもある程度堪えられる。

（いい細工だなぁ）

ほんの一瞬目をとめただけなのに、そのとき青次の目には、大輪の牡丹《ぼたん》に戯《たわむ》れる胡《こ》蝶《ちょう》の、その羽根に刻《きざ》まれた透けるような模様までもがはっきりと見てとれた。

牡丹の華やかさは言うに及ばず、胡蝶が、いまにも羽根をひろげて飛び立つのではないかという錯覚すらおぼえる逸品だ。

（師匠《ししょう》の作かな）

三年前に弟子入りした師匠の吉次《きちじ》は、《胡蝶の吉次》と呼ばれるとおり、胡蝶の細工を最も得意とする錺職人で、江戸でも五本の指に入るといわれている。

気難しい職人気質《かたぎ》の男で、当然口数は少ない。弟子入りに際して口をきいてくれた者には悪いが、当初は、

（なんの因果で、毎日毎日こんな頑固《がんこ》爺の仏頂《ぶっちょうづら》面おがまなきゃならねえんだよ）

と己の運命を呪ったものだ。

しかも、最初の一年間は修業らしい修業はなにもさせてもらえず、ただただ、師匠の仕事を傍《そば》で眺めるだけだった。その合間に言いつけられる雑用などは、ただ黙って

じっと人のやることを見ている苦痛に比べたら、ものの数ではなかった。

完成した簪に鑢《やすり》がけすることを許されたのは、吉次の許《もと》へ通いはじめてから一年半が過ぎた頃である。

何一つ教わらぬまま鑢を持たされ、

「やってみろ」

ただ一言《ひとこと》命じられた。

気難しい師匠が、たったいま仕上げたばかりの品だ。僅かでも扱いを間違えれば、売り物にならなくなる。

だが、青次は少しも怯《おび》えなかった。一年余も、師匠のすることをじっと見据えてきた。元々手先の器用な生まれつき故、教えられずとも鑢がけくらいはすぐにできた。

「なるほど、睨んだとおりだ。おめえの目の良さは尋常じゃねえな」

その様子をじっと見据えていた吉次は、珍しく感心したように言った。

それからほどなくして、

「なんでもいいから、好きなものを切ってみな」

と言って、青次に銅板と糸鋸《いとのこ》とを手渡した。

相変わらずなにも教えず、青次のやりたいように、自由にやらせた。調子にのった青次は、大胆にも、師匠の得意とする胡蝶の形を切ってみた。はじめてにしては我ながらよい出来だと思ったが、青次の切ったものをつくづくと見て、はじめて吉次は、鋸の使い方から鑿《のみ》の持ち方にいたるまで、事細かに教えてくれるようになった。

「違う、何度言ったらわかるんだッ」

「馬鹿野郎ッ、もっと丁寧にやれ！」

しくじれば、容赦なく拳《こぶし》が飛んできた。

それがよかったのか悪かったのか……兎《と》に角《かく》、青次は修業に励んだ。ここまで真剣に一つのことに打ち込むのは、実は人生では二度目のことだった。

「思いどおりの切り口になるまで、鋸をひけ」

と命じられ、一昼夜切り続けたこともある。

おかげで、いまはどうにか一人前になった。

「吉っつぁん、うかうかしてると、じきに青次に抜かれちまうんじゃねえかい」

古馴染みの小間物屋の手代が揶揄《からか》うように言うと、

「弟子が師匠をこえてくのは別に珍しいことじゃねえでしょう」

と、愛想も素っ気もないことを言い、手代を閉口《へいこう》させた。

（おいらが師匠の技を抜くより前に、その無愛想で得意先をしくじって、仕事干され

ちまうんじゃねえのかよ)

青次が内心ヒヤヒヤさせられるほど、吉次はおよそ人づきあいの下手な男だ。腕がよいため、簪の注文はひきも切らないのに、決して多作はしない。自分で納得のできない仕事はしないという徹底したこだわり故に、いくら頼まれても急ぎの仕事などは決してせず、折角《せっかく》の儲け口をいつもふいにしている。

ために、五十を過ぎたいまも、うだつの上がらぬ裏長屋《うらだな》暮らしだ。

「惜しいねえ、吉っつぁん、それだけの腕があるんだ、もっと身を入れて仕事すりゃあ、すぐに家くらい建つのにねえ」

吉次のところへ出入りしているお店《たな》の手代たちが、揃いも揃って聞こえよがしに言うのを、いやというほど、青次は聞いてきた。

吉次は、決して仕事をサボっているわけではない。寧ろ、人一倍熱心に打ち込んでいる。打ち込みすぎるが故に、できる品数が限られてしまう。手間暇をかけた割には工賃は安く、暮らしは決して豊かではない。それでも、吉次は仕事を増やさない。

吉次の女房もよくできた女で、亭主の仕事ぶりに文句を言ったりはしない。子供のいない夫婦は、がつがつ稼がずとも充分に暮らしていけたからだ。

(よくできた奥さんだよなぁ。あんな旦那と何十年もやってけるんだから)

決して器量好しではないが料理上手で、青次にもよく食事をふるまってくれた。

「青さんも、早くおかみさんをもらいなよ。いい男がいつまでも独り身じゃあ不自由だろう。なんならあたしが、いい娘見つけてあげようか」

「まだまだ、一人前にもなってねえのに、女房なんて早いですよ」

青次は丁重にお断りしたが、一人でいても息の詰まりそうな裏長屋の狭い部屋に女房をもらって、ちょっと遊びに行くにも女房の顔色を窺《うかが》わねばならないような暮らしは、若い青次には真っ平だった。

(師匠の職人気質《かたぎ》もわかるが、俺ぁ、ごめんだな。ちったあ、ましな暮らしがしてぇよ)

青次には青次の夢がある。

折角高度な技術を身に着けたのだ。誰にも真似のできないような凄い錺細工を完成させ、いずれは自分の作品で、江戸中の女の髪を飾りたい。それは、職人としての青次の夢だ。

男としての夢は、職人の夢がかなってから追々考えればいい。

(けど、身なりの割には、安物の簪挿した女が多いなぁ)

大勢の女たちと擦れ違う機会のある人混みに出ると、道行く女たちの髪を飾る簪につい目がいってしまう。どんな意匠のものが流行《はや》っているのか興味があるし、精妙な細工を間近に見ると、激しく気持ちが昂《たか》ぶった。

何より、自分の作った簪を挿している女を、この目で見てみたいのだ。

(なんだよ、縁起物の鶴と松ばっかじゃねえか。年頃の若い娘なら、もっと、洒落《しゃれ》た可愛いの挿せばいいのによ)

「おいおい、そんな目で若い娘をじろじろ見てやがると、近頃流行りの、拐《かどわ》かしの一味じゃねえかって疑われるぜ」

不意に背後から低く囁かれ、青次はその場に棒立ちとなった。全身から、血の気がひいた。

しかし、声の主《ぬし》には心当たりがある。青次が束の間怯えたのは、すぐ傍まで近寄られるまで、相手の気配に全く気づかなかったことである。

(すっかりヤキがまわっちまったな)

そのことに、青次は自ら苦笑した。以前の青次なら、こんなことは絶対になかった。無防備な間合いまで、気づかぬうちに誰かに近寄られるなどということは——。

「旦那」

振り向きざま、そこに、よく見知った中年の武士を見出す。

一目見ただけで容易にわかる仕立てのよい羽織、袴《はかま》、髪油《かみあぶら》の芳香が微《かす》かに漂うほどに結《ゆ》いたての小銀杏《こいちょう》——言わずと知れた奉行所の与力である。金まわりがよい上独《ひと》り身なので、身なりには存分に金をかけられるのだ。

だが、所謂《いわゆる》「八丁堀《はっちょうぼり》の旦那」には珍しい恵比寿《えびす》顔で、ニコニコと機嫌よく微笑んでいる。

「それとも、昔の稼業が懐かしくなったか？」

「まさか。冗談もやすみやすみ言ってくださいよ」

小眉を顰《ひそ》めて青次は応じる。

冗談とわかっていても、つい気色ばんでしまうのは、それだけ青次が、足を洗ったいまの暮らしを大切にしているからにほかならない。それは、相手にも充分伝わっているはずだ。

それなのに、

「だったら、なんだってこんな朝っぱらから、歳の市の人混みなんぞにまぎれてやがるんだ、え？《拳《こぶし》》の青次あにいよ？」

冗談か本気か、青次を揶揄《やゆ》するその口調は変わらない。

「簪を、お店に届けた帰りですよ」

「そういや、今年から独り立ちしたんだったな」

大仰《おおぎょう》に目を見開いてみせるのもまた、その男なりの冗談か、それとも本気か。

「どうだ？　食えてるか？」

「ええ、おかげさまで、どうにか……」

神妙な顔で青次は肯いたが、同時に多少腹も立っていたから、

「旦那こそなんですよ、こんな朝っぱらから」

つい、ぞんざいな口調で言い返した。

「朝っぱらから何処《どこ》にいようが、俺の勝手だ」

仕立てのよい茶紗綾《ちゃさあや》の羽織に仙台平《せんだいひら》の袴を着けた八丁堀の旦那は、満面に湛《たた》えた笑みを消さずに言い、視線を、遥かな人集《ひとだか》りのあたりへ向ける。

南町奉行所与力・戸部重蔵。「仏《ほとけ》の」と異名をとるほど、筋金入りのお人好しだと言われており、菩薩《ぼさつ》の如きその微笑《ほほえ》みを、終《つい》ぞ面上《めんじょう》から絶やしたことがない、とも言われている。

だが、菩薩の微笑みの下に隠された《仏》の本心を、僅かながらも、青次は知っている。或いはその本性は、「仏」とは凡《およ》そ無縁なものなのではないか、ということも

――。

「与力の旦那が、平同心並に見廻りなんですかい？」

「与力だろうが平同心だろうが、役目に変わりはねえんだよ」

事も無げに重蔵は言うが、通常なら奉行所の中でふんぞり返っているべき身分の与力が、平同心同様に朝から市中の見廻りに出向くなどということは、先《ま》ずあり得ない。同心たちの上に君臨し、彼らを統率するのが、そもそも与力の勤めである。

だが重蔵は、常に同心たちと同じように現場に出向き、聞き込みをし、日頃から市中の見廻りも怠らない。それだけでも充分に、異色の与力なのだ。

そんな異色の与力と、一介の錺職人である青次は、何を隠そう顔見知り以上の関係である。

「さしずめ歳の市なんぞ、おめえみてえな奴らにとっちゃ、絶好のかき入れどきだろうからなぁ」

と、なおも本気か冗談かわからぬ口調で重蔵は言う。

「だからぁ、おいらがとうに足を洗ってることは、旦那が一番よくご存知でしょうよ」

青次はあからさまにいやな顔をした。重蔵の言葉がただの悪ふざけだということは承知しているが、なにしろこの人混みだ。何処《どこ》で誰が聞いていないとも限らない。無用の誤解を招くような際どい話は、できればしてほしくなかった。

「さあ、どうだったかなぁ」

だが重蔵は、口辺から微笑を消さずに言い、視線を、ゆっくりと青次の顔に戻した。戻したとき、意外にもその面上から、巫山戯《ふざけ》た笑いが消えている。

「よかったなぁ、青次」

「…………」

「昔よりいまのほうが生き生きしてるぜ。仕事は楽しいか？」

「旦那……」

しみじみとした口調に加えて優しみの溢れる重蔵の目に見つめられ、青次は思わず胸を熱くする。そもそも、彼に足を洗うよう熱心に勧めたのは、ほかならぬ重蔵なのだ。

当初、全く聞く耳を持たなかった青次に、根気よく、何度も何度も、重蔵は語りかけた。

「なあ青次、確かにおめえの技は名人芸だ。いまの稼業を続けてくほうが、そりゃあ、楽に身すぎできるだろうぜ。けどなあ、そういう技は、いずれ年をとりゃあ衰えるんだぜ。衰えてからもまだ昔の技にすがって自滅してった奴を、俺は何人も見てきてるんだよ」

その執拗さをうるさがりながらも、一方で、何故彼が、赤の他人の自分のことをそうまで気にかけてくれるのか、不思議でならなかった。不思議に思い、《仏》の重蔵と呼ばれる変わり者の火盗の同心に興味をもったときから、或いは青次の運命は決まっていたのかもしれない。

「あの吉次に、よく三年も師事したなぁ」

「そうですよ。旦那も、よくそんな師匠に弟子入りさせてくれましたね」

重蔵の言葉が嬉しくてついむきになり、青次は言い募った。

幼くして両親を喪い、唯一の肉親である叔父の家もさっさと飛び出して以来音信不通の青次が、そんな気安い狎《な》れ口《ぐち》をきける年長者は、実は重蔵くらいのものなのだ。

「まさか、忘れたわけじゃねえでしょうね」

「忘れたなぁ、そんな昔のことは」

「旦那！」

「冗談だよ。でかい声をだすな」

「冗談がすぎるからですよ」

「ところでおめえ、吉次ンとこへは顔出してるのか？」

「………」

「たまには顔出してやれよ。子供のいねえあの夫婦にとっちゃ、おめえは子供みてえなもんなんだからな」

「ええ」

「女房のおたつは、おめえに嫁を世話するって息巻いてるぜ」

「え、おかみさん、まだそんなことを？」

「ああ、ありゃあ本気だぜ。おめえもとうとう年貢の納め時だなぁ、青次」

「旦那まで、やめてくださいよ。おいらまだまだ、女房なんて……」

「じゃあ、いつ、もらうよ？　いつまでも身をかためねえのは、元の稼業に未練があるからだと思われても仕方ねえぜ」

巫山戯た口調ながらも、重蔵の目に溢れているのはただ青次への優しみだけだった。

そんな目で見つめられたら、どんなに心の拗《ねじ》けた子供でも、忽ち心を開いて順《したが》いそうな、そんな慈愛に満ちた目だ。

（かなわねえなぁ、この人には）

苦笑しつつも、青次の心に、言葉にならないものがこみ上げた次の瞬間、

「掏摸だぁ〜ッ」

唐突な叫び声が、青次の感慨と周囲の喧噪を容易《たやす》く撃ち破った。

「誰か、捕まえてくれぇ〜ッ！」

すぐに別の男の声音《こわね》がそれを追う。

「ちっ、出やがッたか」

重蔵は僅かに顔色を変え、直ちにそちらへ体を向けた。

「旦那」

その背に向かって、青次はすかさず言いかける。

「最初に掏摸だ、って叫んだ野郎が掏摸ですぜ」

「わかってるよ」

背中から短く応えて、重蔵は駆けだした。

とっくに四十を過ぎている筈なのに、その後ろ姿は青年のように若々しい。

（変わらねえなぁ）

見送る青次の脳裡には、はじめて重蔵と出会った日のことが過《よ》ぎる。

（掏摸だって聞いてから追っかけても、捕まえられねえことはわかってるのにな）

そのときのことを思って青次は少し忍び笑い、それでも、駆けだした重蔵のあとを小走りに追った。元同業者の自分なら、多少は手助けできるかもしれない、と思って――。

三

「畜生、てめえら、ふざけやがって!!」

凄まじい怒声が、あたりを席巻《せっけん》していた。

溢れるばかりの人波が、その一帯だけ潮が引いたような状態で、そのガランとした中心に、男一人がいる。

「畜生――ッ」

男が喚《わめ》けば周囲は静まり、次いで忽ち、不穏な空気に包まれる。恐れて大きく退いた人集《ひとだか》りからは、当然咳《しわぶき》一つ起こらない。

「馬鹿な真似をするんじゃない。刃物を捨てろ」

「うるせぇッ」

宥《なだ》める重蔵の言葉を遮るように男は喚き、手にした匕首《あいくち》の切《き》っ尖《さき》を、人質にした童女の喉元スレスレに突き付けている。五十がらみで、茶紺の棒縞《ぼうじま》を着た男だ。

「舐めた真似しやがったら、このガキ、ぶっ殺すぞッ」

常に怒号を発しているため、悪鬼の形相を呈している。どこから見ても、兇状持《きょうじょうも》ちの人相だ。

「いゃあ〜ッ、やめておくれぇ〜ッ」

その切っ尖が震えて柔らかな白い皮膚に触れそうになるたび、母親らしき女の悲鳴が細く高く鳴り響く。

「うるせえ、うるせぇ〜ッ」

男はただ喚くばかりである。

さほど酔っているとも思えないが、血走った険《けわ》しい目つきは、尋常な人間のものとも思えなかった。

金持ちも貧乏人もない交ぜの師走の人混みでは、さまざまな犯罪が起こり得る。

青次の助言のおかげで、掏摸はなんとか捕縛したが、それからさほど時を経ずして、今度は刃物を手にした男が、たまたま傍にいた幼い女の子を人質にとるという騒ぎが起こった。

「なんの騒ぎだ？」

足早に駆けつけた重蔵は、たまたま近くにいた目明かしの権八に訊《たず》ねた。

「それが、よくわからねえんですが、急に暴れだしまして……」

「理由もなくか？」

「……………」

「理由もなく、急に暴れだしたのか？」

「さあ……よくわからねえんですよ」

と権八の言葉は要領を得ない。

「最初から見てたんじゃねえのか？」

「見てたことは見てたんですが……」

「おめえ、酒飲んでやがるのか？」

権八の呼気から僅かに酒気が漂うことに、重蔵は気づいた。気づいたが、別にそれを責めるつもりはない。境内には、縁起物を売る店だけではなく、寿司や天ぷら等、お馴染みの屋台も並んでいる。そういう屋台では、季節柄、燗酒《かんざけ》なども売っていて、権八のような十手持ちを見かければ、

「親分、一杯いかがです？」

と気安く声をかけてくる。もとより、小うるさい奴を、賄賂《わいろ》で懐柔しようという魂

胆にほかならないが、歳の市の浮かれた雰囲気も手伝って、断る者は滅多《めった》にいない。また、そのくらいの愉しみでもなければ、朝早くからこんな場所に出向いてくる目明かしや手先は一人もいなくなってしまうだろう。

「何杯飲んだ？」

「申し訳ありやせん」

重蔵の問いに、権八は恐縮して頭を下げるが、

「かまわねえよ。おめえなら、たかが一、二合の酒で酔っぱらいやしねえだろう」

事も無げに、重蔵は破顔《わら》った。

「で、あの男は、どれくらい飲んでるんだ？」

「あ」

権八は漸《ようや》く合点《がてん》した。重蔵はそれが知りたかったのだ。たまたま近くにいたということは、同じ屋台で飲んでいた確率が高い、ということだ。確かに権八は、その男と同じ屋台で飲んでいた。

「おでん屋で……二本くらいは飲んでたと思います」

「二本……一合《いちごう》徳利で二本か？」

「いえ、もっと飲んでるかもしれませんが……あっしが見たときには、二本目をあけ

たところでした。……いえね、一応目をつけてはいたんですよ。こういうところで騒ぎを起こすのは、大抵酔っぱらいですからね」

「それで？」

権八の言葉が言い訳めいてきたことに内心苛立ちながら、重蔵は短く問い返す。

「おでん屋で二本飲んだあと、このあたりをぶらぶらして……ついさっきまでは、羽子板屋の爺さんと機嫌よく話してたんですよ。それでてっきり、娘に土産《みやげ》でも買うつもりなのかと思ったんですが」

「娘がいるのか？」

「え？」

「あの男に娘がいると何故わかる？」

「あ、いえ、わかりませんが、まさかてめえのために羽子板を買うとは思わねえでしょう」

「だとしても、買う相手が娘かどうかはわからねえだろう。女房か、馴染みの女かもしれねえ」

「馴染みの女はどうかわかりませんが、あの年頃の野郎が、古女房に羽子板なんぞ買うもんですかい。少なくとも、おいらなら、買いませんや」

権八はさすがに苦笑いした。

だが重蔵はニコリともしない。

「なら、娘に土産を買おうというほど幸せな男が、どうして突然あんなふうになるんだ？」

「それはまあ、酔っぱらいのことですから」

執拗《しつよう》な重蔵の問いに、辟易《へきえき》しながら権八は応じる。

細かいことまでいちいち問い質さずにいられない重蔵の性分なら充分承知しているものの、暮れも押し迫った歳の市の日にまでやられるのはたまらない。曖昧《あいまい》な権八の言葉つきには、そんな本音が溢れていた。

重蔵は沈黙し、しばし無言で、荒ぶるその男の様子を見守った。

「畜生ッ」

怒声を放ちながら刃物を振りまわす姿は凶悪そのものだが、よく見れば、その目の中に狂気はないのかもしれない。焦点が定まらないのは、矢張り酔いのせいなのだろう。時折大きく体が揺らぎ、足下《あしもと》が覚束無《おぼつかな》いのも、結局酒の酔い故なのかもしれない。

だが、だとしたら、いきなり刃物をチャラつかせたのは何故だろう。刃物を常に懐に呑んでいるような輩なら、役人や目明かしも目を光らせているであろうこんな場所で、理由もなく暴れたりはしない。目的以外のことに刃物を用いるなど、墓穴《ぼけつ》を掘るだけだと熟知しているからだ。それはそれで、役人にとっては厄介な存在だが、彼らは決して無茶をしない。少なくとも、酒に酔って刃物を振りまわすような無意味な真似は絶対にしないだろう。先ず、刃物を使う際には、彼らは酒など飲まない。飲むなら、ことが終わってからだ。

だから、馬鹿馬鹿しいほど無茶な真似をしでかすのは、日頃刃物を手にしたことのない者たち——要するに素人《しろうと》に相違ない。

「畜生——ッ、どいつもこいつも浮かれやがって！」

その男が声を張り上げるたび、手にした刃物がぶるぶると震える。震えれば即ち、切っ尖が童女の細い首を、薄い膚《はだ》を脅《おびや》かす。

「畜生ッ」

「待て」

荒れ狂う男を、重蔵は再び制止した。

一歩男に近づいて、その男の顔をじっと見つめる。

「おめえ、娘がいるんだろう」

「…………」

重蔵の一言に男の顔色が忽ち変わり、狙いどおり、動きが止まった。

「娘がいるのに、よその娘にひでえ真似《まね》ができるのかい」

「う、うるせぇッ」

奮《ふる》い立たせて吠えるものの、その声音からは、明らかに当初の勢いが失せている。

「その子にだって、親はいるんだぜ」

「………」

「見なよ、その娘、震えてるぜ、可哀想《かわいそう》に」

重蔵の言葉に促され、男は視線を、自らが虜《とりこ》にした童女の上に落とす。せいぜい五つか六つくらいに見えるその娘は、戦慄《わなな》く瞳で、自分を捕らえた男を見つめていた。本当は恐ろしくてならない筈だが、それでも見ずにいられないのは、或いは子供故の好奇心かもしれない。

「………」

童女と目があった瞬間、言葉にならない必死な訴えに、男は忽ち狼狽《ろうばい》した。無垢《むく》な瞳は、明らかに男を責めている。どうして自分がこんな目に遭わねばならないのか、と訴える娘の目が、男を容易く打ちのめした。

「どうだ、いますぐその子を放して、母親に返してやっちゃあ」

「………」

「なあ、おめえも人の親なら、いま、その子の母親がどんな気持ちでいるか、わかるだろう?」

たたみかけるように重蔵が言い募ると、男は最早《もはや》身動きができない。その隙をついて、

「いまだッ」

とばかり、男に飛びかかろうとする目明かしたちを、だが目顔で制し、

「さ、刃物をこっちへ寄越しな」

重蔵は、更に優しく男に言った。

「なぁ、もういいだろう」

「………」

男の手から匕首が音もなく滑《すべ》り落ち、童女を捕らえた腕からも力が抜ける。

「おさと、おさと〜ッ」

「おかぁちゃ〜ん」

泣きながら母親に駆け寄る娘と、娘を呼ぶ母親の声は忽ち重蔵の背後へと去ってゆく。重蔵は足を止めず、そのまま素早く男に歩み寄ったのだ。

「あぁ〜」

男はその場にガクリと頽《くずお》れ、両手で顔を覆っている。

「待ちな」

膝をついた男の肩にグィッと手をかけ、縄をうつためその手を荒々しく捻りあげようとする権八と彼の手先を、重蔵は制した。

「縄をうつこたぁねえよ」

「でも、旦那——」

「誰かを傷つけたわけでもねえだろう。傷つけてねえ以上、科人《とがにん》じゃねえよ」

「そりゃあそうですが……」

「この程度で罪人扱いしたんじゃあ、いくら牢《ろう》があっても足りねえよ」

「じゃあ、このまま解き放つんですかい？」

「いや、とりあえず番屋へ行って、話くれぇは聞こうじゃねえか」

「え？」

事も無げな重蔵の言葉に、権八は耳を疑った。

「よく見りゃ、おとなしそうな男じゃねえか。そんな男が、だいそれたことをしでかすなんざ、よっぽどの理由があってのことだろうぜ」

「飲めもしねえ酒を、飲み過ぎたからじゃねえんですかい」

呆《あき》れ顔で権八は言い返すが、もとより重蔵が屈するわけもない。

「なら、飲めもしねえ酒を飲まずにいられなかったそのわけを聞こうじゃねえか」

「どんな理由があろうと、これだけの騒ぎを起こしたんです。見せしめのためにも、一日二日、牢にぶち込んでやるのが筋《すじ》だと思いますがね」

「馬鹿を言え。歳の市には、このくれえの騒ぎはつきもんだろうが」

苦笑しながら、重蔵は、蹲《うずくま》ったきりビクとも動かなくなった男を覗き込む。

「おめえ、名前は？」

「万《まん》…吉《きち》」

「住まいは何処だ、万吉？」

「い、今戸《いまど》の六兵衛店《ろくべえだな》です」

「今戸か。で、仕事はなにしてるんだ？」

「お、桶《おけ》や樽《たる》の修理を……」

「たが屋か？」

「は、はい」

「儲《もう》かってんのか？」

「いえ、食っていくのがやっとです」

その男――たが屋の万吉は問われるまま素直に応えるが、深く項垂《うなだ》れたままである。

重蔵の言うとおり、一時の興奮が去り、素《す》に戻った万吉は、さほど悪人とも思えぬ、至極平凡な顔だちの男だった。

「そうか。だが、いくら酒に酔ったからって、刃物なんぞ振り回しちゃいけねぇよ。ましてや、他人様《ひとさま》の娘を質《しち》にとるなど、以《もっ》ての外《ほか》だ」

重蔵が言い終えるか終えぬかというところで、万吉が低く啜り泣きをはじめた。

重蔵の優しげな言葉つきが胸に染みたのだろう。これほど悲しげな泣き声が他にあるだろうか、と思えるくらい、細くせつない泣き声だった。

四

今戸の六兵衛店に住む、たが屋の万吉を近くの番屋へ誘《いざな》って、重蔵はひとしきり彼の話を聞いた。しかる後再び、未だ歳の市で賑わう浅草寺へと足を向けた。

既に、ときは昼の七つを過ぎている。

あれから――元掏摸で、いまは堅気の錺職人である青次と別れてからも、何人かの掏摸を捕らえ、何人かの暴徒を番屋へ連行させた。この時刻となっても、人波は一向途絶えない。いや、仕事を終えてから繰り出して来る者もあるため、朝方よりも寧ろ増えているようだ。

（今日一日でも、行方が知れなくなる娘は、一人や二人じゃすまねえかもしれねえな）

依然として人出のついえぬ境内をぼんやり歩きながら、重蔵は暗澹《あんたん》たる思いにとらわれていた。

万吉の話は、想像以上に深刻だった。

今年十六になる一人娘のお民《たみ》が、もうかれこれ、十日あまりも帰ってこない、と言う。

「内職の仕立物を届けに行ったきり、戻ってこないんです」

涙ながらに、万吉は訴えた。

日頃から、親に無断で遊び歩くような娘ではなかった、と万吉は主張した。

すぐに、顔見知りの目明かしを通して定廻《じょうまわ》りの同心に知らせたが、

「拐《かどわ》かしだと？　拐かしってのはなぁ、そもそも身代金をとるのが目的でやるもんだ。ろくに身代金も払えねえ貧乏人の娘を、何処の誰が拐かすってんだ」

頭から相手にしてくれなかった、と言う。

「十六っていやあ、立派な大人だ。それが出てったきり帰ってこねえってのは、てめえの意志で出てったからなんじゃねえのか」

「まさか……なんで、お民が出て行かなきゃならねえんです？」

「そりゃ決まってんだろ、家出だよ」

「え？」

「だから、家出だよ。口喧《くちやかま》しい親父に嫌気がさして、自分から出てったんじゃねえのかよ」

「そ、そんなことはありません。お民は、家出するような娘じゃありませんッ」

「どんな娘かは知らねえが、なかなかの別嬪《べっぴん》なんだろう？」

「ええ、そりゃあもう……親の欲目かもしれませんが——」

「だったら、いい男の一人や二人、いてもおかしくねえだろう」

「お、男！」

「大方《おおかた》、男と駆け落ちでもしたんだよ」

「ま、まさか、そんな！」

「まさかじゃねえよ。年頃の娘がある日突然姿を消したら、拐かしよりは、先ず駆け落ちを疑うもんだぜ、とっつぁん」

「お民は、家出も駆け落ちもするような娘じゃねえんですよ。親に内緒の男なんて、いるわきゃありません」

「あのなあ、万吉、親にとっちゃあ、娘はいつまでも子供なのかもしれねえが、娘なんてもんは、親の知らねえうちに、ちゃっかり大人になってるもんなんだよ」

偉そうに語った挙げ句、一人娘の突然の失踪ですっかり動転《どうてん》している万吉を、更にどん底へ突き落とすような言葉を、その同心は吐いた。

「年の暮れは、盗っ人だの殺しだの、凶悪なのが多くてな。奉行所も忙しいんだ」

「お、お民を、探しちゃくれねえんですかい？」

恐る恐る、万吉は問い返した。

「まだ拐かしと決まったわけじゃねえのに、探せるわけがねえだろう」

「じゃ、じゃあ、いつになったら拐かしと認めてもらえるんですか？」

「いつってそりゃあ、お民の骸《おろく》が、見つかったときだろ。骸が見つかれば、殺し、或いは拐かしの果ての殺しってことになるかもしれねえからなぁ」

「…………」

心ない同心の言葉に、万吉は絶句した。

次いで、錯乱した。お民は、十年前に女房を亡くして以来、万吉が男手一つで育ててきた最愛の娘だ。お民もまた、父親思いの孝行娘だと、近所でも評判だったらしい。そんな娘が、ある日突然なんの理由もなくいなくなれば、即ち、何者かによって拐かされた、と思うだろう。まして、器量好しの娘ともなれば、なおさらだ。

「じゃあ、おめえは、拐かされた娘を探してもらいたくて、あんな真似をしでかしたのかい？」

すべてを話してなお、深く項垂れたまま顔をあげられぬ万吉に向かって、些かあきれた口調で重蔵は問うた。

「だって、そうでもしなきゃ、ろくに話もきいてもらえねぇじゃないですか」

すっかり開き直って万吉は応え、重蔵はしばし言葉を失うしかなかった。

拐かしは、現実に起こり得る犯罪の中でも、実は最も頻度《ひんど》の多い犯罪の一つだ。ある日突然、一人の人間が忽然《こつぜん》と姿を消す。大抵の場合、「神隠し」の一言で片付けられてしまう。さらわれるのは圧倒的に十歳未満の子供が多く、高額の身代金《みのしろきん》を右から左へ払えるような大店の子でない限り、先ず無事に戻ってくることはない。

子供に次《つ》いでよく拐かされるのが若い娘だ。

若い娘を拐かす者の目的ははっきりしている。その体をもてあそぶか、もてあそんだ挙げ句にしかるべき場所へ売り飛ばす。ほとぼりが冷めるまで何処かに監禁しておき、町方も親も諦めた頃遠国《おんごく》へ売られてしまうため、到底帰っては来られない。卑劣で残酷な犯罪だ。

そして、そういう許し難い犯罪者をどうにもできないのが、実は、重蔵ら町方の実情だった。

「ねえ、旦那、お民は拐かされたんですよ。いまごろは、悪い奴らに捕まって、ひどい目に遭ってるんですよ」

「…………」

「探してもらえますよね？　ねえ、旦那？」

「ああ」

万吉の必死な訴えを、苦渋に満ちた面持ちで重蔵は聞いていた。

(すまねえ、万吉)

必ず娘を見つけてやると力強く請け負えぬことが、重蔵にはなにより辛い。

聞いた以上、探索はするが、なにしろ、拐かされてから、日数が経ち過ぎている。

拐かされてすぐならば、その日お民の辿った道を仔細に検分すれば、或いはなんらかの手懸かりが得られたかもしれない。

だが、十日も経ってしまっては、最早手懸かりを求めることは難しい。はじめに万吉の訴えを聞いた同心は、何故すぐに探してやらなかったのか。

「きっとですよ。ね、旦那、きっと探していただけるんですよね？」

「ああ、探すよ」

苦しげに応えて、重蔵はその場から逃げ出した。

「面倒かもしれねえがもう少し話を聞いてやって、できれば今戸まで送ってやんな」

困惑顔をする権八に言い置いて、重蔵は番屋をあとにした。

（本当なら、娘に土産の羽子板を買って、親子で正月の仕度《したく》でもしてた筈なのになぁ）

注連縄《しめなわ》と羽子板を買って嬉しそうに帰路につく家族連れと擦れ違うたび、重蔵の心は軋《きし》むように哀しく傷《いた》んだ。

「戸部さま」

不意に名を呼ばれて顧みれば、朝、参道で出会ったときとは別人の如く疲弊した様子の林田喬之進が、一途《いちず》に駆け寄ってくる。

（また、面倒くさい奴がきた）

重蔵の表情が無意識に曇った。

うっかり餌をやってしまった子犬につきまとわれる感じが鬱陶《うっとう》しくて一度はまいたが、結局狭い範囲内を移動しているだけだから、再び巡り逢うことは不思議でもなんでもない。

「どうした、喬？　掏摸の一匹でもとっつかまえたか？」

「いえ、羽子板を盗もうとしていた者を……」

「捕まえたか？」

「いえ……すぐに追ったのですが……」

「逃げられたのか？」

「面目《めんぼく》次第もございませぬ……」

項垂れる喬之進を眺めるうちに、重蔵の気持ちは僅かに和《なご》んだ。

焦ったところで仕方ない。いまは己に出来ることを、懸命に為すしかないではないか。

(俺も、この坊っちゃんとたいして変わらねえな)

重蔵は悲しく自嘲《じちょう》した。

そろそろ日没が近づきつつあるが、境内の賑わいは一向におさまらない。熱気で噎《む》せ返りそうな人いきれの中をかき分けて進みながら、重蔵の心の傷《いた》みは依然として続いている。

五

（一度も一緒に来たことはねえが、お悠《ゆう》もこういうのが欲しかったのかな）

重蔵はふと足を止め、煌《きら》びやかな羽子板をぼんやり眺めていた。

雛人形かと見紛うほどに華やかな押し絵の羽子板は、幼い女児だけでなく、娘たちの心をときめかせるに充分な魅力を放っていた。女児たちは、より豪華な羽子板を親にねだり、親たちは、それより少しでも安価なものですまそうと、懸命に我が子を宥《なだ》め賺《すか》している。

（たまには一つ、買ってみるかな。お悠はなにがいい？　團十郎《だんじゅうろう》か？）

そんな目で、真剣に羽子板を見つめているとき、

「旦那」

不意に背後から声をかけられた。

声に聞き覚えはあるが、こんなところに居合わせようとは夢にも思っていない相手なので、少しく驚く。

「なんだ、喜平次《きへいじ》」

振り向きざま、そこに、この場にはあまり相応しくない男の顔を見ることになる。

「おめえも羽子板買いに来たのか？」

「い、いえ……」

さぞや名のある博徒《ばくと》の若頭《がしら》か、公儀隠密黒鍬者《くろくわもの》の頭領《とうりよう》かと見紛《みまご》うような強面《こわもて》が、曖昧《あいまい》に口許を弛《ゆる》め、応えを逡巡すると、

「ええ、羽子板買いに来たんですよ」

代わって、彼の傍らにいた艶《いろ》っぽい三十路《みそじ》女が嫣然《えんぜん》応えた。浅葱地《あさぎじ》に紺《こん》のよろけ縞《じま》を着た、婀娜《あだ》っぽい女だ。

「なんだ、お京《けい》も一緒か」

重蔵は思わず目を細めた。

自らが密偵として使っている喜平次の情人《いろ》であるとも知らず、うっかりこの女に懸《け》想《そう》しかけたこともある。いまとなってはほろ苦い思い出だが、万が一にも、喜平次がお京を粗末に扱うなら、いつでも奪う腹づもりはあるのだ。

「いえね、こいつが、年甲斐もなく、團十郎の羽子板が欲しいなんて言いやがって……」

「ちょっと、年甲斐もなくってどういう意味だい」

照れ隠しの喜平次の言葉に、お京は忽ち気色ばむ。

「どうもこうもねえや。羽子板欲しがる年でもねえだろ、ってことだよ」

「ご挨拶だね。だいたい、買ってやるって言い出したのはあんただろ」

「おいおい、こんなところで夫婦喧嘩なんぞおっぱじめねえでくれよ」

たまらず重蔵が顔を顰《しか》めると、

「旦那！」

「夫婦喧嘩なんて！」

二人は口を揃えて重蔵に抗議する。

どうやら、癪《しゃく》に障《さわ》るほど上手《うま》くいっているようだ。《仏》などというあだ名で呼ばれてはいても、重蔵とて生身の男である。目の前でいちゃつく男女のそばになどいたくはない。

「ああ、よくわかったから、羽子板でもなんでも買って、とっとと帰んな」

たまらず背を向けようとするその袖を、だが、

「旦那」

すかさず喜平次に捉えられ、強引に引き戻された。

「ヤバいんじゃねえですか」

と喜平次が目顔で促した先には、男が二人向かい合って立っていた。いや、睨《にら》み合っている、と言うべきだろうか。睨み合い、時折一方が、一方に向かって、激しく言葉を浴びせているようだ。

ともに、三十がらみの遊び人風情《ふぜい》の男だった。

人波の列からはやや離れ、境内《けいだい》の隅《すみ》のほうで人目を憚るようにはしているが、両者の間にある剣呑《けんのん》な雰囲気は充分伝わってくるし、激しく相手を罵る声音も聞こえてきそうな気色である。

「もう、随分前からああしてるんですがね。茶弁慶の男が、青い棒縞の男に向かって、何度も『金返せ』って怒鳴ってるんですよ」

茶弁慶も棒縞も、ともに着物の色柄を意味している。二人とも同じような背格好だったため、着物の柄で両者を区別するしかなかったのだ。

「金のもつれか」

「察するに、茶弁慶の男は金貸しの手先かもしれませんね」

「借金取りが金の取り立てにくるのは別に珍しかねぇ。年の瀬ともなりゃあ、当然だ」

「そうかもしれませんが、刃傷沙汰《にんじょうざた》はよくねえでしょう」

「刃傷沙汰？」

思わせぶりな喜平次の言葉に、重蔵は思わず顔を顰めた。

「あの棒縞の男、懐に刃物を忍ばせてますぜ。……これ以上責め立てられたら、相手を刺しちまうかもしれません」

「見込みでものを言うな」

「見込みじゃありませんよ」

「じゃあ、なんだ？　なんの根拠がある？」

「勘《かん》です」

「………」

「面《つら》見ればね、だいたいわかるんですよ」

喜平次に断言されて、重蔵は、その場から二人の様子にじっと見入った。

日没が近いため、西日に煽《あお》られ、いまは二人の表情がよく見えない。

「だったら、なんでおめえが止めに入らねえ？　おめえの勘なんだから、おめえが止めればいい話だろ」

「え？」

喜平次はさも意外そうに重蔵を見返した。

「だって、そういうのは旦那の仕事でしょう」

「…………」

重蔵は絶句するしかなかった。

「刃物持った奴らの喧嘩の仲裁なんて、おいらの領分じゃありませんよ」

「それはそうかもしれねえが……」

「考えてもくださいよ。こちとら女連れですよ。面倒なことには関わりたくねえんですよ」

「おい、喜平次——」

「こうして旦那にお知らせしただけで、褒めてもらわなくちゃ。いまなら、刃傷沙汰を未然に防げるんですよ」

「…………」

重蔵は仕方なく、喜平次が指し示すほうへと足を向けた。

（ったく、次から次へと……）

舌打ちする思いで歩を速め出した瞬間、薄暮の中で燦《きら》めく白い閃光を見た。

男の一人が、懐から刃を抜いたからにほかならなかった。

（待て、こらぁ〜ッ）

心の中でだけ叫びつつ、群がる人の波を巧みに掻き分けて重蔵は走った。

こういうことがあるから、毎年歳の市の見廻りは気が抜けない。掏摸はもとより、殺人者・強盗……凶悪犯はひきも切らずに現れる。

庶民の安全を守るべき町方の仕事はひきもきらない。積み上げても積み上げても、鬼に蹴倒されてしまう賽《さい》の河原《かわら》の小石を積むように、凡《およ》そ果てのない仕事だ。

だが、それでも根気よく、一つ一つ小石を積むしかないのだ、ということも、重蔵にはわかっていた。

第二章　いやな萌《きざ》し

一

「正月早々、ひでえざまだなぁ」

　その一言で、ただでさえ朝から薄暗い曇り空が一層どんよりと鈍さを増した気がした。

　河原の草の上に並べられた死体を一目見るなり、南町奉行所同心・吉村新兵衛《よしむらしんぺえ》が呟いた言葉である。日頃から、口癖のように、ひでえひでえ、を連発する男だが、この場合の「ひでえ」は適切だった。

　なにしろ、引き上げられた土左衛門《どざえもん》は一人ではなく、全部で四人。そのうち二人はまだ幼い子供である。三十がらみと見える男と女に二人の幼児。身許が判明しなければなんとも言えないが、おそらく、家族四人の飛び込み心中と思われた。

この季節、川の水の冷たさは、想像に難《かた》くない。どの死に顔にも、それほど苦しみ藻掻《もが》いた様子がないのは、水中に落ちてすぐに絶命したためだろう。

なにが苦しいといって、溺死《できし》する寸前の苦しみに勝《まさ》る苦しみはないと言う。水責めが、かなり有効な拷問《ごうもん》の手段になっているのもそのためだ。心中を企《くわだ》てた親のほうはともかく、なんの罪もない子供がそんな苦しみを味わうのはあまりに不憫《ふびん》である。さほど苦しまずに逝《い》けたのならまだしもだろう。

並べられた死体を土手の上から遠目に見、近づくまでの束の間、重蔵はそんなことを考えた。

（まったく、ひでえ）

口には出さぬが、重蔵も、吉村と全く同じ気持ちでいる。

羽根つき遊びに興じる子供たちの無邪気な笑い声がまちの彼方此方《あちこち》から聞こえてくる松の内の七日。正月早々一家心中しなければならなかった理由とは一体なんなのか。

（どんな理由があろうとも、生きてさえいれば、なんとかなるもんじゃねえのかい）

重蔵が心で叫んだとき、数歩前にいた吉村がつと振り向き、

「なにがあったか知りませんが――」

真っ赤に泣き腫らした目で重蔵を見た。

「なにも、子供まで道連れにするこたあねえでしょう」

「ああ」

重蔵は力なく肯《うなず》いた。

年は重蔵より二つ三つ若く、今年で四十になるかならぬか。世襲によってこの職に就《つ》いた吉村は、奉行所に勤めて既に二十年余にもなろうという古参の同心だ。心中の死体など、いやというほど見慣れている筈だった。

その吉村が、ここまで感情的になるのは些《いささ》か異様なことだが、重蔵はその理由を知っている。

(情の強《こわ》い男だ)

吉村は数年前、流行病《はやりやまい》で幼い我が子を喪《うしな》っていた。妻を娶《めと》ってから十年余を経てやっと授《さず》かったその男児を、吉村が如何に溺愛していたかは、つきあいの浅い重蔵でもよく知っている。

「神も仏もあったもんじゃねえや」

酒を汲《く》めば、いつも最後は吉村の泣き言になるからだ。

「戸部さんは独り者だから、子を亡くした親の気持ちなんて、わかんねえでしょう」

根気よく泣き言を聞いてやった挙げ句、結局は厄介なからみ酒になるとわかっていながら、それでも重蔵は最後までつきあう。

「ああ、わからねえよ。すまねえな」

相手の言葉に決して逆らわず、ただ一方的に話を聞くだけだ。そうすることで、吉村の傷《いた》みや悲しみが少しでも癒《いえ》ればいい、と願っている。独り者故子供こそいないが、本当は、大切な者を喪う悲しみなら、誰よりもよく知る重蔵だ。

だから、陰気なからみ酒を嫌い、吉村と酒を酌《く》む者が殆《ほとん》どいなくなったいまでも、重蔵だけはいやがらずに泣き言を聞いてやる。結局、どれほどときが過ぎようとも、悲しみの尽きることはなく、酒に逃げる以外救われる手だてはない。

(酔ってるときでも、忘れられやしねえけどな)

重蔵の目は、いつしか遠くを見つめていた。一体そこになにを見ているのか、無意識に優しい顔つきになっている。《仏》の重蔵と呼ばれるに相応しい、優しい顔に──。

「馬鹿野郎。……折角《せっかく》授かった子供を、殺しちまいやがって。それでも親かよ、ばか…やろう」

死体の前に屈み込んで仔細に検分しながら吉村はなお口走ったが、言葉の最後は嗚《お》咽《えつ》に変わっていた。

重蔵は為す術《すべ》もなくそれを見守るしかなかった。

今朝方箱崎川《はこざきがわ》の河原にあがった一家の死体が、駒形三間町《こまがたさんげんちょう》で紙屋を営む五兵衛《ごへえ》とその家族であるということは、存外早く判明した。

隣の家に住む平吉《へいきち》という男が、一昨日から一家が理由も告げず留守にしていることを案じて番屋を訪れたのである。

「まさか、こんなことに……」

如何にも人の好さそうな平吉は、一家の無惨な死骸を前に、ただ茫然とするばかりであった。

五兵衛が三間町に店を出してから二年余り、近所づきあいはあったが、一家心中しなければならなくなった理由についてはなにも聞いていない、と言う。

「やっぱり、借金でしょうかね」

「なんだ。心当たりがあるのかい？」

恐る恐る訊き返してくる平吉に、世間話でもするような口調で重蔵が問い返すと、

「いえ、このひと月くらい、店を閉めてまして……チラッと覗いたら、店はからっぽ

で…仕入れもできねえんだなぁ、って」

平吉はポツポツと話しだす。

一家心中という衝撃に一瞬間毒気を抜かれて言葉を失ったが、元々話し好きなタチなのだろう。

「全然家からも出て来ねえんで、一度かかあに様子を見に行かせたんですよ。『小鮒《こぶな》の甘露煮《かんろに》を、作りすぎたんでお裾分け』って、ことにして……いえ、そのために、近所の池でおいらが一所懸命小鮒を釣ったんですよ。だって、手ぶらじゃ行けねえでしょう」

重蔵の雰囲気に気やすさを感じ取ったのか、平吉の口調も次第に気やすいものとなる。

「それで？」

「五兵衛も、五兵衛の女房も…あ、おそのさんていう、ちょっと別嬪《べっぴん》さんなんですがね、真っ青な面《つら》して、『心配かけてすみません。うちのひと、このところ調子が悪くって……』って言ったそうなんですよ。そういうおそのさんも、半病人みてえな様子でしてね。ああいう別嬪さんが、つらそうに眉顰《しか》めてるってのは、不謹慎ですが、ちょっと色っぽくて、なんとも……いえ、一度講談で聞いたことがあるんですが、唐《から》の国の別嬪さんで、ええと、名前はなんて言ったかな？　王様のお妾《めかけ》さんで、肺病病《や》みの……」

「西施《せいし》かい？」

内心苦笑しながら、重蔵は平吉の脱線にのってやる。こういうときは、自由に喋《しゃべ》らせてやるに限る。そうすれば、意外と貴重な情報が得られたりするものだ。

「そうそう、その西施が、苦しそうに胸おさえてるさまが、笑った顔より艶《なま》めかしいとかって言うでしょう。病気の女が色っぽいとか、おいら、よくわかんなかったんですが、そのときのおそのさんの様子を見て、ああ、これかって、思いましてね。……言っちゃなんですが、うちのかかあとは、えらい違いでして」

「お前も、そのとき女房と一緒に、おそのの様子を見に行ったのかい？」

「ええ、そりゃあ」

そのために苦労して小鮒を釣ったんですよ、と言わんばかりの顔つきである。

「それで、どうして隣の五兵衛が借金してると思ったんだ？」

「だって、夫婦で半病人みてえに真っ青な顔して、一日中閉じこもってて、店には品物が全然ねえってんだから、それしか思い当たらねえじゃねえですか」

「なるほどな」

「一体、何処《どこ》の何奴《どいつ》に借金してたんだ？」

それまで、死体の傍でむっつり押し黙っていた吉村が、不意に厳しい語調で問い返した。

「え？」

「一家心中しなきゃなんねえほど厳しく取り立てやがった借金取りは、一体何処の誰かって聞いてんだよッ」

「おい、吉村――」

まるで、平吉こそがその貪欲な借金取りだと言わんばかりに険しい顔で詰め寄ろうとする吉村を、重蔵はすかさず制止した。

「わ、わかりませんよ、あっしには。……五兵衛もおそのさんも、なにも話しちゃくれませんでしたから」

吉村の勢いに恐れをなしながらも、平吉は応えた。

「あ、山城屋《やましろや》さんに聞けば、なにかわかるんじゃやないですかね」

「山城屋？　日本橋の山城屋か？　紙問屋の？」

「ええ、その山城屋さんですよ。元々五兵衛の店は、山城屋さんから暖簾《のれん》分けされたもんですから」

「そうなのか」

「十二のときから丁稚《でっち》奉公して、三十の若さで番頭を勤めたあと、ご主人の肝煎《きもい》りで、店を出したってことですぜ」

「五兵衛はいくつだ？」

「あっしより一つ二つ上でしたから、たぶん、三十七、八じゃねえんですかい」

「店を出したのが、たしか、二年前だったたな。三十五、六で暖簾分けってのは、ちょいと若過ぎねえか？」

「それくらい、働き者だったんですよ。店出してからも、そりゃあもう、真面目に働きづめで……」

「そんなに真面目に働いてたのに、なんで借金なんぞしたのかな」

「…………」

「五兵衛ってのは、博奕《ばくち》好きだったり女好きだったりしたのかい？」

「まさか……いたって真面目《まじめ》な男ですよ。それに、おそのさんみてえな別嬪の女房がいて、女遊びなんて……」

「女房が別嬪だろうが、たとえ西施だろうが、それとこれとは話は別よ。男と生まれて、女は女房一人で充分だなんて奇特な野郎がいるもんかい。なあ、吉村？」

「さあ、それがしのような朴念仁《ぼくねんじん》にはわかりかねますな」

吉村は露骨にいやな顔をし、そっぽを向く。

兎《と》に角《かく》、どんな相手であれ丁寧に話を聞くのが重蔵のやり方だと承知していながらも、一向に核心に触れる様子もないのがもどかしくて仕方ないのだろう。

「そうかい。……けど、お前ならわかるだろ、平吉？　古女房より、西施のがいいよなぁ？」

「そ、それはまあ……」

重蔵の軽口に平吉が口許を弛めるのと、遂にたまりかねたように吉村が立ち上がり、

「まだまだかかりそうなんで、それがしは一度奉行所に戻りますよ」

言い捨てて、番屋の外へ出て行ってしまうのとが、ほぼ同じ瞬間のことだった。

山城屋は、元々近江《おうみ》商人で、三代前から江戸で商いをするようになった老舗《しにせ》の紙店である。

商いは近江か伊勢《いせ》と言われるように、江戸に店を構える商家でも、近江か伊勢の出身者が圧倒的に多い。

山城屋は先代のときに大量の株を買い占め、十組問屋《とくみどいや》の一つとして認められた。

贔屓の客を奪われることを嫌い、独立・開業は許しても、同じ業種の商いは禁じる主家《しゆけ》も少なくない中、山城屋の、五兵衛に対する処遇は破格であった。

暖簾分けを許した上に、駒形の店まで世話してやったという。

「山城屋さんは太っ腹なんですよ」

「ええ、本当に、あんなによくできたご主人はなかなかいませんよ」

近所の者たちは口々に言った。

大店では、祝い事のたび、奉公人だけでなく、ご近所へも酒や食事を気前よく振舞う。日頃恩恵にあずかっている者たちは決して悪く言わないだろう。

「八丁堀のお役人さまが、当家になんの御用でしょうか」

死んだ五兵衛の主人であった当代・山城屋多一郎《たいちろう》は、老舗のあるじに相応しく落ち着いた物腰、気品のある物静かな口調で重蔵を迎えた。年の頃は五十半ばといったところだが、若い頃は蓋し《けだ》美男であったろうと想像させる、涼しげな風貌の持ち主である。

だが、

「実はな、以前この店の奉公人だった五兵衛とその家族が、大川に身を投げて死んだんだ」

重蔵がその来意を告げた途端、

「なんですと！」

山城屋は、物静かな風貌を忽ち驚愕の色に染め変えた。

「五兵衛が、一家心中を？　まさか……昨年、二人目の子が生まれたばかりではありませぬか……」

しばし茫然と言葉を失ったあと、

「何故そのような……金に困っているなら、私を頼ってくればよいものを」

苦渋に満ちた顔つきで、呻《うめ》くように呟いた言葉を、もとより重蔵は聞き逃さない。

「五兵衛が金に困っていたと、どうしてわかるんだい？」

「商人が一家心中するほど追いつめられたとしたら、間違いなく金銭の問題でしょう」

些か意地の悪い重蔵の問いにも臆することなく、山城屋は応じる。

「五兵衛は、うちにいた頃から生真面目な男でした。生真面目で、人一倍気働きもありましたから、同じ頃店に来た丁稚の中では誰よりも早く手代になり、手代となってからも、普通の者の倍の早さで仕事を覚え、瞬《また》く間に番頭格となりました。それ故、あの若さで暖簾分けを許したのでございます」

淀《よど》みなく言い切ったときには、山城屋はその面上から動揺を消し、静かな表情に戻っている。

老舗の主人は代を重ねるうちにどんどん出来が悪くなるから、店を繁盛させたければ、三代目には優秀な婿《むこ》養子を迎えるほうがいい、と聞くが、この三代目はどう見ても不出来な主人ではなさそうだ。近所の評判のよさも、或いは、気前のよさを買われてのことだけではないのかもしれない。

「五兵衛はやっぱり近江の出なのかい」

「ええ、うちでは近江者しか使っておりませんから」

「十かそこらで親許を離れて遠い江戸で奉公するのはつらかろうが、周りが同郷の者ばかりなら、まだ安心か」

「さあ、どうでしょうか」

山城屋はその怜悧《れいり》そうな双眸《そうぼう》を虚空《こくう》に投げる。五兵衛の子供の頃のことを思い出しているのかもしれない。

「どこも同じだと思うが、それだけ早く出世すりゃあ、周りのやっかみは半端じゃなかったろう」

「ええ、先を越された古参の者の中には、あからさまに足を引っ張る者もあったようでして。……それで、些か異例ではあるのですが、支配人を一年、後見役を一年務めさせてから、暖簾分けを許しました」

「そりゃまた、破格の扱いだなぁ。五兵衛になんか弱みでも握られていたのかい？」

半ば冗談めかして重蔵が問うと、

「まさか……」

山城屋も口許を弛めて笑いかけ、

「………」

だが、すぐ口を閉ざすと、不意に両手で顔を覆った。

小刻みに肩が震え、喉奥からは微《かす》かな嗚咽が漏れている。

「五兵衛が…いえ、五兵衛は……本当に死んだのですか？」

「ああ」

嗚咽を堪《こら》える掠《かす》れ声で問われ、重蔵は仕方なく応じるしかない。

「可哀想《かわいそう》に……」

微かな声音で漏らされた言葉を、重蔵は聞き逃さなかった。聞き逃さなかったがしかし、それ以上、山城屋になにか問うほど無粋な重蔵ではなかった。

（この主人、本当に五兵衛のことが好きだったんだなぁ）

そうとわかれば、五兵衛に対する破格な厚遇ぶりも納得できる。五兵衛という男が、どれほど有能な奉公人であったのか、いまとなっては知る術《すべ》もない。だが、主人の多一郎は間違いなく、五兵衛に対して特別な感情があり、彼を特別扱いしていたのだろう。

それ故の異例の出世であり、暖簾分けだった。そう考えれば、五兵衛をやっかんで足を引っ張ろうとした者たちが、どういう種類の嫉妬心を抱いていたのかも、想像に難くない。

(世の中にはいろんな者がいる……)

今更ながらに重蔵は思い、思いつつ苦笑した。

とまれ、五兵衛のことを大切に思っていたらしい山城屋の主人と五兵衛とのあいだに、五兵衛を死に追いやるような揉め事があったとは到底思えない。

二

山城屋の聞き込みから戻ると、重蔵は奉行の居間へ行き、五兵衛一家の死体があがってからのことを逐一《ちくいち》報告した。

今年一月赴任したばかりの奉行はただ一言、

「そうか」

と応え、僅《わず》かに肯いただけである。

平素から、胸でも患《わずら》っているかと思うほど沈鬱《ちんうつ》そのものな表情に、毛ほどの変化も見られない。

まさかそれで終わりではあるまいと思い、重蔵がしばし無言で逡巡していると、

「一家心中なのであろう？」

書見台の上の書面から視線をはずすことなく、さも億劫《おっくう》そうに奉行は問うた。

「はい、両親《ふたおや》がそれぞれに幼子を抱き、覚悟の上で身を投げたかと思われます」

「覚悟の上の身投げであれば、それ以上の詮議は無用ではないのか。他に、調べねばならぬ案件は山ほどある」

「………」

「違うか？」

「いいえ、仰《おお》せのとおりでございます」

鋭く問われて、重蔵は仕方なく平伏した。

「戸部」

「はい」

「そのほうは与力職にある」

「はい」

「与力の職務を心得ておるか？」

「…………」

「与力の職務とは、配下の同心たちを掌握して江戸市中にて起こった事件探索の指揮をとり、その結果を、逐次《ちくじ》奉行に報告することだ」

「はい」

充分に存じております、と喉元《のどもと》に出かかる言葉は間際で呑み込む。

「であるならば――」

つと口調を改めて奉行は言い、はじめて書面から顔をあげ、重蔵を見た。

「奉行たる儂《わし》を煩《わずら》わせぬよう、ある程度のことは己の才覚にて処理せねばならぬ。違うか？」

「い、いいえ。仰せのとおりでございますッ」

重蔵は慌てて恐縮のていをとる。

「したがって、そのほうが疑問に思って詮議をし、己の才覚にて決裁せしことについては、いちいち報告に及ばず。よいか?」

「はっ」

　重蔵は更に恐縮した。

「重ね重ね、申し訳ございませぬ」

　頭を下げ続けながらも、如何にも大仰なその言葉には自ら苦笑せざるを得ない。

　奉行と与力の関係を考えれば別に不思議なことではないのだが、重蔵は多少の抵抗を禁じ得なかった。

(要するに、てめえの好きにやっていい、ということだな)

　重蔵は無意識に肩を竦《すく》めている。口辺に滲《にじ》む笑いは辛うじて堪えた。堅苦しい言葉遣いをしているが、言いたいことは実に簡潔だった。

「まだなにか?」

　用が済んだのになお去ろうとしない重蔵の頭上へ、奉行がはじめて視線を投げた。

「い、いえ」

　鋭すぎる視線に、重蔵は慌てた。

「失礼いたしました」

　あまりにも冷ややかすぎるその態度に戸惑いながらも、重蔵は追い立てられるようにして腰をあげ、辞去した。

元々、それほど愛想のいい男ではなかったが、南町奉行に任じられてからの彼は、生来の愛想のなさにいよいよ磨きがかかったようだ。或いは、かねて宣言していたとおり、重蔵に対しては故意にそうしているのかもしれないが。

（馴れ馴れしくしない、とは言ったものの、こうまで徹底しているとはなぁ）

頭ではわかっていても、一抹《いちまつ》の淋しさを感じぬでもない。

その淋しさを、半ば愉しみながら渡り廊下を歩いていると、

「戸部さま」

不意に行く手を阻まれた。

奉行の居間から与力の詰所へ戻ろうとするその途中に、林田喬之進が待ち受けていたのだ。

「なんだ、喬？」

「大丈夫でしたか？」

ひどく深刻そうな心配顔で問うてくる。

「なにがだい？」

少なからず重蔵は戸惑った。

重蔵以外の誰の目から見てもまだまだ半人前の喬之進が一体なにを案じているのか、さっぱり見当がつかなかったからだ。

「今度のお奉行様は、かなり厳しいお方のようですから……」

と、喬之進が声をひそめて言うそのお奉行様とは、たったいま重蔵が話をしてきた相手——現在南町奉行の職に就く矢部《やべ》左近《さこんしょうげんさだのり》将監定謙のことに相違なかった。

「お叱りを受けたのではないかと……」

「ああ」

重蔵は忽ち笑顔になった。

事件性のない一家心中のためにわざわざ時間を割いて聞き込みに行ったことを、あの厳しい奉行なら咎めるかもしれない。喬之進はそれを案じていたのだろう。

前の奉行は温和《おとな》しい性格故、重蔵のやることにあまり口出しをせず、下手人《げしゅにん》の捜索も詮議も与力に任せきりにしていたが、矢部は違う。赴任してまだまもないが、矢部がいるときといないときとでは、奉行所内の雰囲気がガラリと変わる。矢部の放つ剃《かみ》刀《そり》のような鋭さが、直接言葉を交わすこともあまりない同心たちにも、無用の緊張感を強く抱かせるのだろう。

「それで、大丈夫でしたか？」

「大丈夫だよ。お奉行は、そんなことでいちいち目くじらたてやしねえよ」

息子ほどの年の喬之進に本気で心配され、重蔵は苦笑するしかなかった。子供のいない重蔵には知る由もないが、こういうとき、親ならどんな気持ちになるのだろう。

「されど、先日神山《かみやま》さまが入牢《にゅうろう》証文の請求を数日忘れられた折には、大層ご立腹でしたが」

と喬之進の言う神山さまは、重蔵とは同輩の与力だが、御年六十という高齢だ。物忘れがひどいため、日頃から仕事ぶりが杜撰《ずさん》で、重蔵も屡々《しばしば》迷惑を被《こうむ》っている。

「入牢証文」というのは、容疑のかたまった下手人を伝馬町の牢屋敷へ送り込むための正式な文書であり、これがないと、下手人をいつまでたっても入牢させることができない。うっかり忘れられては困る大切な文書なのだ。それを忘れるなど、職務怠慢《たいまん》というほかはない。矢部が怒るのは当然だった。

「あれは神山さんが悪いんだから、仕方ねえだろう」

「それはそうですが……」

年長者を激しく痛罵《つうば》し、挙げ句に、

「隠居せいッ」

とまで言い切った矢部の冷厳さが、若い喬之進には余程怖ろしく感じられたのだろう。

「下手人を取り逃がしたわけではないのですから、なにもあそこまで言われずとも……」

「そうだな」

仕方なく、重蔵は応じた。

だが、うっかり応じてしまってから、すぐに後悔した。

「戸部さまはどう思われます」

「一家心中の理由かい？　まだ、なんとも言えねえな」

「いえ、そうではなくて、今度のお奉行さまのことです」

問われることはわかりきっていたので空惚《そらとぼ》けようとしたのだが、無駄だった。喬之進が重蔵のことを案じていた気持ちに偽りはないだろうが、彼に新奉行のことを聞きたかったというのもまた、偽りのない真実だろう。

「お奉行さまとは、剣の同門でございますね？」

「ああ」

「それに、火盗でもご一緒されておられますね。……その…父が、申しておりました」

「道場では、確かに何度か竹刀《しない》を合わせてもらったことはあるが、矢部さまが火盗にいたのはほんの数年のことだぜ。大きな手柄をたてて、すぐ堺《さかい》奉行に昇進された。俺とかぶってるのはほんの一～二年だよ。親父さんに訊いてみな」

内心の動揺をひた隠しつつ、重蔵は答えた。

「な、なれど……」

と、なお食い下がろうとする喬之進が、父親にはそれ以上問わぬであろうことを、重蔵は容易《たやす》く予想し得た。若くして父親のあとを継いだ喬之進は、己の未熟さを棚に上げ、父親の地味な職歴を内心小馬鹿にしているようなところがある。

喬之進の父は、火付盗賊改方という泣く子も黙る職場にありながら、剣ではなく、終始筆を以《もっ》て勤めを全《まっと》うした。彼の認《したた》めた詳細な調書、覚書は、ときに下手人捕縛の役にも立った筈だが、残念ながら、それは表立った手柄とは言えない。喬之進にはそれがもどかしく、自分はもっと、目に見えて華々しい手柄をたてたいと望んでいるのだ。

だから、新しい奉行のことも、必要以上に知りたいと思ってしまうのかもしれない。

「お奉行さまがどんなお人かわかったところで、おめえが一人前になれるわけじゃねえだろ」

だから重蔵は、殊更《ことさら》冷ややかな口調で、喬之進に言った。仏の異名をとる彼が、誰かに向かって、こうまで冷たい言葉を吐くのは珍しい。だから喬之進は、しばし呆気《あっけ》にとられてしまう。

「そんな暇があったら、もっとお勤めに励むんだな」

更に言い捨てて重蔵は喬之進の脇をすり抜け、長い渡り廊下を、詰所のほうへ向かって歩いた。

矢部左近将監定謙。

左近将監というのは、勘定奉行から西ノ丸留守居役に降格された際に遷任されたもので、町奉行となったこの頃には既に、元の官職名である駿河守《するがのかみ》に返り咲いている。だから、正確には駿河守定謙である。返り咲くまでのいきさつを逐一知っている重蔵は、つい、「左近将監さま」と呼びかけてしまいそうになるが。

矢部と重蔵とは、剣の同門というだけではなく、実は幼い頃から親しく馴染んだ間柄だ。十歳年長の矢部を、

「彦五郎兄《ひこごろうけい》」

と呼んで、重蔵は慕った。

子供の頃には三日とあけずに遊んでもらったし、道場に通うようになってからは殆ど毎日稽古をつけてもらった。いわば、兄のような存在だ。

彼の、硬骨な気質、男らしく清々《すがすが》しい態度、歯に衣《きぬ》着せぬ物言いなど、そのすべてに憧れた。

長らく無役で無聊《ぶりょう》を託《かこ》っていた重蔵を火盗に誘ってくれたのも矢部だった。

火盗では、捕り物のいろはを学んだ。

無辜《むこ》の民を悪から守るためには、徹底的に悪を排除する——つまり、斬り捨てるしかないということも。そのためには非情に徹《てっ》する必要がある、ということも——。

矢部が火盗を去って堺奉行となり、上方《かみがた》に赴任してからも、つきあいが絶えることはなかった。折に触れては文《ふみ》のやりとりをしてきたし、先年彼が江戸へ戻ってからはしばしば酒を酌み交わす仲だった。

ところが、昨年、

「来年早々南町奉行職に就く」

と重蔵に告げ、驚く暇も与えず、

「そうなれば、我々のつきあいもこれまでだ」

一方的に言い捨てて去った。

もとより、覚悟はしていた。

数年前、上方で、大塩平八郎《おおしおへいはちろう》という者が私塾の門弟を率いて武力蜂起した。

堺奉行を務めた後、矢部は大坂西町奉行に出世している。

ために、その当時大阪西町奉行所の与力をしていた大塩とは、当然知己《ちき》であった。

そのことに、矢部を嫌う老中の水野忠邦《みずのただくに》は着目し、あれこれ詮索しているらしい、と言う。果ては、のちに反乱を起こすことも事前に知らされていたのではないか、或いは反乱の指示も矢部から発せられたものではないか、とさえ勘繰られているらしい。

(馬鹿な話だ)

大塩平八郎のことは、重蔵も聞いている。

「あれは本当に気持ちのよい男だった」

大塩の武力蜂起があっけなく潰《つい》えたことが江戸に伝わってからも、矢部はよくそんな話をした。

「本気で世の中を正したいと願っていたのだ、あの男は。飢饉《ききん》で貧窮した民を救おうと、己の扶持米《ふちまい》を担保に鴻池《こうのいけ》から金を借りようとしたこともあるほどだ。結局かなわず、大塩は私財を投じて貧民の救済をおこなった。世間では狷介《けんかい》な人間のように言われているが、それだけではない。情に篤《あつ》く、優しい男だ」

「矢部さまに、よく似ておいでのようです」

苦笑を堪《こら》えて重蔵が漏らすと、

「儂に？　馬鹿を言え。ちっとも似ておらぬわ」

頭から否定しつつも、満更《まんざら》でもなさそうな顔をした。

「儂はあれほど、一つのことに没頭はできぬ。あれは、熱中すると周りが全く見えなくなる」

その者のことを語るときの嬉しそうな表情には、その者への愛情と好意が溢れており、重蔵が密かに嫉妬《しっと》したくなったほどだ。

「一度など、話に夢中になるあまり、猫でも食わぬような魚の頭を嚙み砕きおったぞ。儂はあのようなたわけではない」

反乱が僅か一日で鎮圧され、その後一ヶ月あまりして、逃亡した大塩と養子・格之《かくの》助《すけ》の死が伝えられてきたときは、矢部が如何に悲しんでいるだろうかと慮《おもんぱか》ったが、矢部は一切の感情を押し殺した声音で、

「やり方を間違えおって、たわけが。……一介の草莽《そうもう》の者が本気で武力にて世を変えられると思うたか」

と低く述べただけだった。

如何に幕府の腐敗や老中の専横を憎もうと、直参の矢部は幕臣であることに誇りを持っている。間違っても、武力による幕府転覆などは望まない。

そうである以上、反乱の指示を出すなどあり得ないのだ。

邪魔者の矢部を失脚させようとの魂胆にしても、あまりにひどい言い掛かりであった。

(だが、何《いず》れは強引なやり方で引き摺り下ろされるだろう。権力とはそういうもんだ)

重蔵にはわかっている。

老中水野が権力の座にある限り、残念ながら、矢部の命脈《めいみやく》は遠からず絶たれるだろう。

それ故重蔵は、矢部とのつながりを、一切人に知られてはならない。矢部が失脚した際、親しくしていた者が連座するのは世の常なのだ。だから、

「道場に通った時期も火盗にいた時期も微妙にズレてるから、俺も詳しくは知らねぇんだ」

聞かれるたび、判で捺《お》したように重蔵は答えた。

剣の同門ということも、同じ時期に火盗にいたということも知られているので、全

く知らない、と言えば嘘になる。一つ嘘をつけばその嘘を真実らしくみせるため、二つ三つと嘘を重ねねばならない。それを避けるためには、嘘は極力つかぬがよいのだ。「詳しく知らない」というのは、決して嘘ではなく、重蔵の心の奥底にある真実だ。矢部定謙という男は、これほど長きに亘《わた》ってつきあってきても、いまなお、はかりしれないところがある。

それが、重蔵の偽らざる気持ちであった。

三

戌《いぬ》の刻過ぎ、見廻りを兼ねて外へ出た。

木戸が閉まる亥《い》の刻前に駆け込みで悪事を働く者は少なくないため、この時刻の見廻りは有効だ。目明かしとその手先たちにも、なるべくこの時刻に見廻りをするよう、言いつけている。

「だからといって、なにも旦那様まで、目明かしや平同心のような真似をなさらずともよいではありませぬか」

父の代から戸部家に仕える老下男《げなん》の金兵衛《きんべえ》が、出がけにいちいち騒ぎたてるのが、重蔵には些か鬱陶《うっとう》しい。近頃では、老人特有の執拗さで毎度同じことを繰り返す。なんと言われようと、重蔵は己の心のおもむくままに行動するが、いかに古参であろうと、下男の分際で、主人に喧《やかま》しく意見するというのが、そもそも間違っている。

だが、それを言ってしまっては身も蓋《ふた》もない。

だから、重蔵は、

「お役目なのだ、金兵衛」

毎回優しく言い聞かせて、屋敷を出る。

「行ってらっしゃいませ」

納得したわけではないが、「お役目」と言われては言い返せない。そんな金兵衛の愚直さを、重蔵は巧みに利用している。

それが多少後ろめたく思えるときには、

(仕方ねえだろう、年寄りとまともにやり合って勝てるわけがねえんだから)

重蔵にだけ見えている女に向かって言い訳をする。

女はなにも言わず、淡く微笑み返すだけだ。人に話せば、どうせ気が触れたかと思われるだけだから、勿論誰にも話したことはない。その女の存在を知る者さえ、いまはもう殆どこの世にいない。

（俺が死ねば、それもなくなる。……お前がこの世に生きてたと知る者は誰もいなくなっちまう。それじゃあ、あんまり淋しいだろうから、お前に会う楽しみは、もう少し先にとっとくよ。いいだろ、お悠――）

寄り添うように傍《かたわ》らに居る女に、重蔵は心で話しかける。

（はい、私はずっと待っておりますから）

女の声音は、重蔵の心にだけ応えてくれる。

（信三郎《しんざぶろう》さまは、どうかお心のままに）

その声音に、重蔵は密かに安堵する。

目的の場所へ向かうまでのあいだに、いまにも押し込みか強請《ゆす》りをはたらきそうな凶悪顔の不審者を三人見かけ、十手をチラつかせながら声をかけた。

「木戸が閉まるぜ。とっとと家へ帰ぇんな」

気軽に声をかけられると、どの男も一様にギョッとするが、すぐばつの悪そうな顔つきになり、そそくさと立ち去る。

重蔵は、人の性《せい》が善だなどとは決して思わない。生まれながらの極悪人もざらに存在するだろう。

だが、どんな悪党でも、実際の犯罪に手を染める際には、なにかしらのきっかけがある。だから重蔵は、その「きっかけ」をさり気なく潰してやる。十手者に目を付けられたと思えば、とりあえずその場は思いとどまるだろう。勿論、取りあえず思いとどまるだけで、改心したわけではないから、何《いず》れまた、日を改めて実行するかもしれないが。

（そのときはまた、誰かが止めてくれるかもしれねえ）

罪を犯す者には大きく分けて二種類いる。自ら進んで罪を犯そうとする者と、やむない事情があって心ならずも罪を犯さざるを得ない者の二種類だ。前者の場合はどうにもならないが、後者なら、彼を取り巻く事情が変わることでどうにか回避できぬともかぎらない。

（世ン中捨てたもんじゃねえと、誰かがわからせてくれるかもしれねえしな）

重蔵にできるのは、そうなってくれるように、せいぜい祈るくらいのものであったが。

念のため、同じ町内を、道順を変えて三回ほど廻ってから目的地を目指した。

尾行者がいないかを確かめるためにほかならない。

色街からも遠く、遅くまでやっている店も殆どないため、そのあたりは早くも寝静まっているかのように閑《しず》かだ。飲んだ帰りか、帰宅を急ぐ者の足音は遥《はる》か遠くから響いてくる。

重蔵の足どりはいつもと変わらない。歩調はいつもと変わらないのに、その足音は僅かも周囲に響かない。火盗の頃、潜入捜査をする際人目を避けるために身につけた技能の一つで、いまでも、意識しなければ自然とその歩き方になる。

やがて重蔵が行き着いたのは、静まった路地の入口だった。

月は群雲《むらくも》に隠され、星も少ないために、路地の奥は墨を流したような真闇が広がっている。だが重蔵は夜目がきく。暗闇などものともせずに進んでゆく。

突き当たりには、小さな一軒家があった。

昼間であれば、表格子に下げられた「常磐津《ときわず》教授」の看板も読めたであろうが、生憎《あいにく》の闇夜だ。重蔵はその格子戸を無造作に開け、中に入った。夜も更けているため、家の中からは三味線の音など僅かも聞こえてこない。

格子戸をくぐって更に進むと、ほんの二、三歩先が家の入口だ。躊躇《ためら》うことなく障子戸に手をかけ、家の中に入る。家主が、わざと戸締まりしないでいてくれるのだ。不用心なのは承知の上で。

「入るぞ」

さすがに、土間を上がる際には低く声をかけた。

部屋には灯がともっており、家の住人が未だ起きていることは入る前からわかっている。

「いらっしゃい、旦那」

仄明《ほのあ》かりの灯る部屋の中から、女の甘い声がする。

「悪いな、お京、こんな夜分に――」

部屋の入口に立った重蔵は、この家の女主人・常磐津文字若《もじわか》のお京に向かって、淡く笑いかけた。照れたような、少しばつの悪そうなその笑顔は、皆がよく知る恵比寿《えびす》顔とは少々違う、年齢相応の男の顔だ。

重蔵がそんな表情になってしまうのも無理はないくらい、お京は艶冶《えんや》な魅力を漂わす美女だった。歳の頃は三十がらみの年増だが、風呂上がりらしく（実際は情事のあとかもしれないが）、大きく寛《くつろ》げられた衣紋《えもん》から覗く白い項《うなじ》のあたりには、噎《む》せ返りそうな色香が溢れている。しどけなく脇息《きょうそく》に凭《もた》れ、吸いさしの煙管《きせる》の灰を煙草盆《たばこぼん》に捨てる所作は何処か意味深《しん》で、独《ひと》り身の長い重蔵には眩《まぶ》しすぎる光景だ。

「邪魔するぞ」

だが重蔵は、長火鉢《ながひばち》の前に座ったお京を大股で素通りすると、座敷の奥にある襖《ふすま》をカラリと開け放った。

「どうぞ」

灯りの点らぬ暗がりの中、のべられた床の上に、喜平次はユラリと身を起こしている。重蔵を迎えるにしては些か行儀の悪い恰好だ。

「待ちくたびれちまいましたよ」

素肌に女物の紅《あか》い襦袢《じゅばん》一枚を羽織っただけの姿で、チラリと視線を遣ったその顔は、堅気《かたぎ》の者なら忽ち身震いせずにはいられない凄味のある強面《こわもて》。歳の頃は三十半ば。地回りの親分や兇 状持《きょうじょうも》ちに多い顔だが、ときには火盗の役人などでも、これくらい目つきの鋭い者はいる。

「すまねえな」

「旦那はいまでもお京に気があるから、俺たちの仲を邪魔したいんでしょうけどね」

重蔵が敷居を跨《また》がずその場で待つ間に、喜平次は手早く、枕元の蠟燭《ろうそく》に火を点けた。

その為様《しざま》が、あまりにも情夫然としていて、重蔵はさすがにムッとする。

「あんまりなめた口をきくと、八丈《はちじょう》送りにするぜ、喜平次」

笑みを湛《たた》えたままの顔で重蔵が言うと、喜平次は瞬時に己の軽口を恥じ、気まずげに口を閉ざした。

ほんの挨拶代わりの冗談のつもりだったが、重蔵には伝わらなかったようだ。いや、重蔵は重蔵なりに冗談で返したつもりだったのだが、それが喜平次に伝わらなかったのは、笑顔を見せながらも、その実ちっとも笑ってはいないということを、喜平次がしっかり見抜いていたからだろう。

(大人げなかったかな)

気まずげに口を閉ざした喜平次を前に、重蔵もまた少しく後悔した。

「あ、あたしったら、気がきかなくて……いま、一本つけますね」

気まずい空気を追い払おうと、長火鉢の前から立ち上がったお京が、慌てて厨《くりや》のほうへ駆け込んで行った。

(助かった)

「すまねえな」

その背に声をかけながら、重蔵はすかさず長火鉢の傍らに腰を下ろした。実際、長時間極寒の中を歩きまわっていたため、体が冷えきっている。

「なんか、気のきいた肴《さかな》も頼むぜ。……そうだ、豆腐があったろ。あれを鍋で温めて……」

とってつけたように口走りつつ、襦袢の上に紺《こん》の棒縞《ぼうじま》を羽織った喜平次はお京のあとを追って厨へ駆け込んだ。

誰にでも優しい温厚な人柄故に《仏》の重蔵とあだ名される重蔵だが、喜平次もお京も、ともに、《仏》とはほど遠いその素顔を知っている。それを忘れてつい狎《な》れ口をきいてしまったことを、喜平次は悔いたのだ。

（いけねえ、ホントはおっかねえ人なんだよな）

厨で身繕《みづくろ》いしながら喜平次は思い、

（つたく馬鹿だよ、いつまでたっても――）

お京は喜平次のその迂闊《うかつ》さを、腹の中で罵《ののし》っていた。

四

「それで、お民という娘の行方はまだわからねえか？」

お京が注いでくれた熱燗の酒を二、三杯呷《あお》って人心地ついてから、重蔵は喜平次に問うた。

「ええ、さっぱり」

目を伏せたままで喜平次は答える。

「拐《かどわ》かされたのが、歳《とし》の市の十日も前でしょう。いくらなんでも、ときが経ちすぎてますよ」

「それはそうなんだが……」

にべもない喜平次の言葉に、重蔵も深く項垂《うなだ》れた。

昨年浅草寺の歳の市の日、今戸に住むたが屋の万吉は、一人娘お民の失踪を訴えんとして境内で刃物をふりまわし、自ら番屋へ連行された。もっとも、そこにたまたま居合わせたのが重蔵でなかったら、取り押さえられた万吉は、最悪小伝馬町《こでんまちょう》送りとなり、入牢させられた挙げ句、敲《たたき》の刑でも受けていたことだろう。

だが重蔵は、厳重注意で赦《ゆる》してやった上に、失踪した娘の捜索も約束した。

約束した以上、それを守るのが重蔵の信条だ。

歳の市の翌日から、早速捜索にかかった。その日お民が辿《たど》ったと思われる道を検分し、立ち寄り先にも聞き込みをした。

勿論、お民が内職の仕立物を届けたという花川戸《はなかわど》の仕立て屋・源助《げんすけ》の許《もと》にも行った。

「万吉さんにも何度も言ったとおりですよ。あの日お民ちゃんは七ツ過ぎに仕立物を届けに来てくれました。いつものように手間賃を払って、そりゃ多少は世間話をしましたが、四半刻《しはんとき》も引き留めちゃいません。暮《くれ》六ツ前には、確かにここを出ましたよ」

もう何度も同じ話をしているらしく、よどみもなく源助は答えた。

「ええ、確かにお民ちゃんは、その時刻に源助さんのところへ来て、四半刻とたたずに帰って行きましたよ」

隣家の者も、証言した。

だが暮六ツ前に源助の許を出たというお民は、戌の刻を過ぎても家には戻らなかった。花川戸から今戸まで、ゆっくり歩いても半刻の距離である。

お民が辿ったと思われる道程を何度も何度も繰り返し行き来し、その道々で、聞き込みもした。行きの道でも帰りの道でも、お民を見かけた者がいないか、いれば、それは何刻頃のことだったか。

しかし、重蔵が当初から危ぶんでいたとおり、お民が姿を消してから、些かときが経ち過ぎていた。お民を見かけたという者があっても、その記憶は曖昧で、既に薄れかけている。

「だが、おめえなら、なにか裏の伝手《つて》があるんじゃねえのかい、喜平次」

「それが……」

喜平次の口調は重く、その顔つきはいよいよ暗い。

「拐かしの一味ってのは用心深くて、一味の者がよその人間と連《つる》むのを厳しく禁じてるもんなんですよ」

「そうなのか？」

「ええ、秘密が外に漏れるのを恐れて、賭場《とば》や岡場所《おかばしょ》に出入りするのも禁じられてるはずです」

「それほど徹底してるのか」

「中には、一味の者が他で遊ばねえように、わざわざ女を囲ってるようなところもあるらしいですぜ」

「詳しいな、喜平次」

「違いますよ、旦那」

重蔵の言葉に若干の含みがあるのを鋭く察し、

「おいらには拐かし一味の知り合いなんぞ、いませんからね」

喜平次はいち早く釘を刺した。

されば、拐かし一味に詳しい者を紹介しろ、などと言い出されてはかなわない。

「そうか」

重蔵は目に見えて落胆する。

兎に角、糸口がなにもない。人一人、忽然と姿を消してしまったというのに、その行方を捜す手だてもないとは――。

（こんなとき、火盗なら、囮《おとり》を使うところだが、町方にはそんな真似はできやしねぇし、まいったなぁ）

そんな重蔵の顔色を窺いながら、

「拐かし一味の知り合いはいませんが、一味のヤサなら捜せるかもしれませんよ」

遠慮がちに喜平次は言う。

「なに」

すると、重蔵の満面が忽ち喜色に染まってゆくが、

「それは本当かッ⁉」

「と言っても、一味が立ち去ったあとのヤサですがね」

まるで弄《もてあそ》ぶような冷ややかさで身も蓋もないことを言い、結局最後は重蔵を落胆させる。

「そんなに拐かし一味のことが知りてえなら、旦那が可愛がってる、あの巾着切りの坊や――」

「青次のことか？」

「そうそう、その《拳《こぶし》》の青次兄貴、《野ざらし》の九兵衛《きゅうべえ》一味にいたんでしょう」

「調べたのか？」

重蔵は少しく眉を顰《ひそ》める。

過去はどうであろうと、いまは堅気の錺職人である青次のことを、たとえ喜平次であっても、とやかく言ってほしくはない。

「九兵衛は、俺みてえなこそ泥でも名前を知ってる大親分ですからね。その九兵衛一味にいたのなら、おいらなんかよりずっと、裏の世界には詳しいんじゃねえんですかい」

「九兵衛一味は、拐かしはやってなかった筈だ」

「九兵衛親分はそうでも、あれだけ大きな一味ですよ。中には、他の一味とかけ持ちしてるような奴もいたでしょうし……」

「なにが言いたい？」

「なにも。拐かし一味のことを調べたいなら、もっとふさわしい者がいるんじゃないかと思っただけですよ」

「九兵衛一味にいたといっても、青次はほんの下っ端だ。使えやしねえよ」

「そうですかね」

不満の残る口調で喜平次は言い、重蔵はむっつりと押し黙った。

そんな二人のやりとりを、三本目の熱燗を運んできたお京はハラハラしながら見守っている。

喜平次が重蔵の密偵をしていると知ったときには、本当に驚いた。喜平次が、《旋毛《つむじ》》の喜平次と二つ名で呼ばれる盗賊であったことは、勿論知っている。すべて承知の上で、喜平次の女になった。惚《ほ》れてしまったのだ。

だが、ある日を境に、喜平次はパッタリとお京の許を訪れなくなった。

大方、気まぐれな盗っ人が自分に飽きたのだろうと思った。お京もかつては左褄《ひだりづま》をとり、深川一《ふかがわいち》と言われたこともあるほどの名妓《めいぎ》だった。それなりに浮き名も流したし、男女のことには人一倍さばけている。去っていった男に恋々と執着し、待ち続けるつもりはさらさらなかった。

喜平次が訪れなくなって数年、一人でいたのは、たまたま好い男が現れなかっただけのことだ。

ところが、去った男に勝るとも劣らぬ好い男が、ある日唐突に、お京の目の前に現れた。しかも、自分に気があるらしい。満更でもなく思っていたところへ、昔の男が舞い戻ってきた。

喜平次が言うには、火盗に捕らえられ、重蔵のおかげで解き放たれて彼の密偵となったときに自分は一度死んだ、と考えた。死んだ人間が、女に会いに来るわけにはいかない、とも。それで、お京のことは諦めようと思った。思ったがしかし、諦められなかった。

そう面と向かって言われると、悪い気はしなかった。やはり自分は、まだこの男に惚れているのだと思った。

新しい男になる筈だった重蔵と、昔の男との奇妙な関係に、はじめは戸惑ったお京だが、それなら、二人がこっそり落ち合う際にはこの家を使ってほしいと言い出した。

「だって、与力の旦那と、どう見ても堅気とは思えない破落戸《ごろつき》みたいな男が人目につく場所で会っててちゃまずいでしょ」

「まあ、それはそうだが」

「おい、破落戸みてえな男ってのはどういう意味だよ！」

「五月蠅《うるさ》いね、そのまんまの意味さ。……ね、旦那、そうしてくださいな」

喜平次の不平には耳も貸さず、お京は熱心に勧めてきた。

「ああ、そうだな」

仕方なく肯きつつ、正直なところ、重蔵はあまり乗り気ではなかった。

重蔵がこの家に出入りしはじめた頃、少なくとも男の気配は感じられなかった。喜平次とは、一時完全に切れていたのだ。だが奇《く》しくも再会し（いや、実際には喜平次のほうが未練たらたらで時折こっそり家の傍まで来ていたらしいが）、焼け棒杭《ぼっくい》に火がついてしまった。男の気配が濃厚に漂う家に足を踏み入れるのは、さすがに気が重い。

（だが、ここで断れば、俺がまだ気にしてると思われるんだろうなぁ）

そう思われるのがいやで、重蔵はお京の申し出を有り難く受け入れた。

受け入れてみれば、これほど有り難い密会場所はなかった。

お京の言うとおり、外には人目がある。奉行所の与力と強面の遊び人が連《つる》んでいれば、いやでも目立つ。これまでは、広小路の盛り場など、敢えて人出の多いところを選んで接触してきたが、人混みの中ではなかなか込み入った話はできない。だからといって、まさか八丁堀の重蔵の屋敷へ呼び入れるわけにはいかなかったし。

多少の精神的苦痛は伴うものの、誰にも見咎められる心配のないこの絶妙な密会場所を、重蔵は、いまは概《おおむ》ね気に入っていた。

「ところで、喜平次――」

引き続き、万吉の娘の行方を捜すよう重ねて言いつけてから、ふと口調を変えて重蔵は言った。

「このところ――って言っても、去年の秋くらいからだが、借金を苦にした商人の一家心中が続いてるのは知ってるな」

「ええ。つい今朝方も、三間町の紙屋の夫婦と子供たちの土左衛門が、大川端《おおかわばた》にあがったそうですね」

喜平次は注意深く言葉を選ぶ。これ以上、面倒なことを頼まれてはたまらない、と警戒しているのだ。

「質《たち》の悪い金貸しの噂を聞いてねえか？」

「いいえ」

「金の使い方を、子供の頃から叩き込まれてる商人が、商売のために借金をして、それが返せなくて心中するなんて、よくよくのことだぜ。可愛い盛りの子供まで道連れにして」

「…………」

「質の悪い金貸しに欺されたとしか思えねえんだよ」

「そんな質の悪い金貸しから金を借りた時点で、商人として終わってるんじゃねえですかい」

「『和泉屋《いずみや》』って札差《ふださし》のことを教えてくれたのは、たしかおめえじゃなかったか、喜平次？」

「お上の御用を務める札差が、町家の商人に金を貸したりしませんよ。第一、あの紙屋は、『山城屋』って大店から暖簾分けされた店ですよ。金に困ったら、主家を頼ればいいでしょう」

「そうだろ？　それなのに、主家の山城屋を頼った形跡がねえんだから、妙な話じゃねえか」

「博奕か女遊びで借金作って、主家には頼りにくかったんじゃねえんですか」

「『和泉屋』は、元々上方から流れてきた高利貸しで、阿漕《あこぎ》なやり方で荒稼ぎした金で、まんまと札差株を買ったんだったよな？」

「…………」

「おめえがそうやって黙り込むってことは、噂は、ただの噂じゃねえってことだ」

口を噤《つぐ》んだ喜平次に対して、自信たっぷりに重蔵は言い、猪口《ちょこ》の酒をまた一口飲み干した。やや冷めているが、充分に甘い。つい飲み過ぎてしまう口当たりのよさだ。

「別に、『和泉屋』のことを調べてくれ、ってわけじゃねえよ」

猪口を置いて、腰をあげかけながら、重蔵は一応喜平次を安心させた。

「おめえは引き続きお民を探してやってくれ」

「旦那」

「いくらなんでも、盗賊あがりのおめえに、堅気のお店《たな》を調べさせるような無茶はしねえよ」

喜平次に向かって微笑《ほほえ》んだ顔は、いつもの《仏》の顔だった。

（かなわねえな、このひとには）

なんだかんだ言っても、喜平次はやはり、重蔵の人柄と、悪を許さぬその心意気に心服しているのだ。

五

「もう遅いし、お泊まりになればいいじゃないですか」

お京は強く勧めてくれたが、重蔵はさすがに断った。

「おめえらの邪魔をしたくてここに来てるわけじゃねえからな」

そそくさと土間に降りる際、重蔵が早口に言いおいた言葉に対して、

「ちょっと、旦那、まだ根に持ってるんですかい。おいら、別に、そんなつもりで言

ったんじゃ……」

慌てて言い募《つの》ろうとする喜平次を、背中で黙殺し、重蔵は家の外へ出た。

「戸締まり、しっかりしとくんだぜ。いくら恐いのが家の中にいるからって、油断は禁物だ」

言い置くことを、忘れずに——。

早足に路地を抜け、表通りへ出たが、来たときと同じく、星の少ない闇夜である。ときは既に子《ね》の刻近く。

野良猫すらも、通らない。

（喜平次の野郎、ふざけやがって）

足音を消して歩く道々、ふと喜平次に対する怒りが込み上げる。

ろくな生き方もしてこなかった悪党のくせに、お京のようないい女と、当たり前のように暮らしている。かなり真面目に生きてきた自分には、たいして嬉しいこともないというのに。それだけでも、充分に許し難い。

（揶揄《からか》うような口ききやがって……）

腹立ちがやまないのは、少しく酔いがまわっているせいもあるだろう。

（いつか用がなくなったら、本当に八丈送りにしてやるからな）

己に言い聞かせるように繰り返し思いながら、重蔵は無意識に歩調を弛《ゆる》めた。行く手に人の気配を感じたためだ。

野良猫すら出歩かぬこの時刻、路上に人がいるとすれば、正真正銘の悪人以外にあり得ない。

重蔵は背後を注意深く窺った。そして、背後に迫る敵がいないことを察すると、内心ホッと安堵した。退路があれば、前方の敵はさほど恐くない。

「…………」

そのとき無言で重蔵の行く手を阻んだ相手に対して、重蔵も足を止めて対峙《たいじ》した。

抜き身を手にして立ちはだかるのは、黒い頭巾《ずきん》で顔を覆った二本差しの侍だ。しかし、闇が濃いため、頭巾の中のその顔は確かめるべくもない。

(辻斬りか)

既に夜廻りの時刻ではないため、重蔵は十手を懐深くにしまっている。今更出して見せる気もない。仮に見せたとしても、こうして姿を現してしまった以上、相手もあっさり退散するわけにはいかないだろう。

「悪いが、金の持ち合わせはねえよ」

「…………」

「こんななりしてるから、信じられねえだろうが、持ち合わせはねえんだよ。それでもやるか?」

重蔵の言葉を聞いているのかいないのか、黒頭巾の武士は、無言のまま、抜き身の刀を大上段に構える。

辻斬りの大半は、食い詰めた浪人が金品の強奪目的でおこなうものだが、たまさかそれ以外の理由でおこなう者もいる。これが些か厄介だ。食い詰めた浪人者なら、ただ金が欲しいだけなので命までは奪おうとしない。だが、それ以外の理由を持つ者は、あきらかに人の命を奪う目的で来ている。いや、ただ命を奪うことだけが目的だったりする。

(しょうがねえなぁ)

思いながらも、重蔵の右手は無意識に大刀の柄《つか》にかかり、無意識のままに鯉口《こいぐち》を切っていた。

「きぃえ——ッ」

かん高い気合いとともに、黒頭巾は振りかざした刀を振り下ろしてきた。

ギュンっ、

刃がぶつかり、火花を散らしたその瞬間、黒頭巾の武士の刀の切っ尖が折れ、闇の彼方《かなた》に弾け飛んだ。

（よかった）

重蔵はひと安堵した。どうやらこれで、相手を一刀のもとに殺してしまう事態だけは避けられそうだった。

第三章　波紋

一

一夜明けて——。

重蔵がやや遅れて出仕すると、奉行所内は大変な騒ぎとなっている。

「大変なことになりましたね」

林田喬之進が一人前のわけ知り顔で囁きかけてくることは想定内だったので、当然笑顔で黙殺した。こんなときに、一番話したくない相手である。

「あ、戸部さま、お怪我はありませんでしたか？」

重蔵が無言なのはそのせいかと勝手に慮《おもんぱか》り、喬之進は問うてきたが、

「暇なら、見廻りにでも行ってきな」

重蔵はにべもなく言い捨てて、喬之進の前を通り過ぎた。

（去年初めて出仕した頃は、借りてきた猫みてえだったのに……）

近頃勤めにも慣れてきたのか、一人前に無駄口などきくようになった。

（どんどん生意気《なまいき》になりやがる）

果たして実の親でも同じように感じるものだろうか、などと思いながら同心溜りをそれとなく覗いてみて、重蔵はさすがに青ざめる思いがした。

「旗本の三男坊だそうですな」

「お奉行のあのご気性では、到底穏便にはすまさぬだろう」

「穏便にすまさねば、なんとします？」

「当然厳しく処断するだろう。たしか、火盗の頃にも、同じようなことがあったと聞いている」

「しかし、そうなると、お奉行の先行きもあやういのでは？」

「何故です？」

「辻斬りの下手人の父親は、ご老中とも親しいそうです」

「それはまずい……」

同心たちのあいだにも、奉行の矢部が老中に嫌われているということは知れ渡っている。

（やっぱりまずかったかな）

詰所に戻って、重蔵はしばし悔恨する。

昨夜、お京の家から帰宅する途中、偶然辻斬りに遭遇した。

相手の腕がたいしたことはないとわかった時点でやり過ごし、なかったことにしてもよかった。身分のある武士が犯罪に関わっていた場合、町方が手出しをしないのは、別段珍しくもないことだ。

（だが、あれを見過ごしにするようなら、十手者《じってもの》とは言えねえ）

重蔵にとっては容易《たやす》い相手でも、得物《えもの》を持たぬ庶民——それも、女子供にとっては、決して容易い相手ではない。彼らの命を危機に曝《さら》すかもしれない、危険な凶悪犯である。野放しにしていい筈がなかった。

だから重蔵は容赦しなかった。

相手の切っ尖を一尺あまりも叩き折ったあとも容赦せず、激しく撃ち込んで仰向けに突き転ばした。

それからやおら近づいて乱暴に頭巾をむしり取った。素顔を隠して悪事をはたらこうとする者は、大抵隠すものを失った時点で戦意を喪失する。

「………」

年の頃は二十五、六——或いは、もう少し若いか。

暗くてよく見えない上に、月代《さかやき》を伸ばし、薄く無精髭《ぶしようひげ》まで生やしているため、顔だちがよくわからない。重蔵をふり仰いだ瞳は恐怖に戦慄《おのの》き、嚙みしめた唇も、目に見えて震えている。武士には違いないが、その落ち着きのなさは、元服したての若侍のようにも見えた。

「俺は南町の戸部ってもんだ」

懐からチラッと十手を覗かせると、若侍は、更に大きく、ビクリと震えた。

まさか、襲った相手が十手者とは夢にも思わなかったろう。

「み、見逃してはもらえまいか」

手早く縄をうとうとする重蔵に、震える声音で若侍が言った。年齢に似合わず、いやに嗄《しやが》れた老人のような声だと思った。しかも、言っていることは論外だ。

「できねえなぁ、辻斬りは重罪だ」

「こ、今夜…貴殿を襲ったのがはじめてで、まだ一人も手にかけてはおらぬ」

(嘘つきめ)

切っ尖を叩き折る際、刃に多少の刃こぼれと血曇りがあるのを、重蔵は見逃していなかった。どんな名刀でも、一人斬れば刃こぼれがし、研《と》ぎにださねば直らない。血曇りにしても、つい最近人を斬った証拠である。

「兎《と》に角《かく》、番屋まで来てもらおう。話はそこで聞くよ」

「…………」

なにか言いたそうな顔つきながらも、若侍は口を閉ざした。黙って縄をうたれ、無言のままで、近くの番屋まで誘われた。縄をうたれる際、歩いているときも無抵抗であったのが、せめてもの神妙さというものだった。

「入るぞ」

若侍の縄じりを捕らえた重蔵が障子戸を開けて入ってゆくと、うたた寝をしていた不寝番《ふしんばん》が慌てて飛び起きた。

「悪いな、こんな時刻に」

「いいえ。それより、どうしました、旦那!」

もとより、顔見知りの番太郎である。

「辻斬りをとっ捕まえたのよ」

「辻斬りですか!」

「ち、違う」

若侍が苦しげに否定した。

明るいところで改めて見ると、やはりまだかなり若い。顔色が青ざめているのはこの状況故か、それとも平素からか。

金品の強奪目的に辻斬りをするようなうらぶれた感じはあまりせず、寧《むし》ろ、頬のあたりなどふくよかで、裕福な家の育ちであるように思われた。その証拠に、身に着けている黒羽二重の羽織も太い藍縞の入った仙台平の袴も、ともに仕立てのよい高級品だ。

髭を当たって髪を整えれば、もっと若々しく見えるのではないか。少なくとも、年は二十歳そこそこかもしれない。

「私は、まだ一人も殺していない。だから辻斬りではない」

と若侍は主張するが、もとより取り合う重蔵ではない。

「違わねえよ、立派な辻斬りだ。頭巾で顔隠してたところを見ると、そのつもりで用意してきたんだろ。出来心で、はじめてだなんて言い訳は通用しねえよ」

「…………」

「さ、何処の誰だい？　そろそろ名乗ってもらおうか？」

重蔵に問い詰められ、なお彼はしばし逡巡した。なんと答えれば、この場をうまく逃れられるか、小狡《こずる》く思案している顔つきだった。

「名乗らねえなら、それでもいいや。朝になったら、大番屋に移して厳しく詮議する。それでもしらを切り続けるなら、お奉行に、入牢証文書いてもらえばすむことだ。証文が出たら、おめえは即伝馬町送りだよ」

「………」

「伝馬町は怖ぇぞ。本物の悪《わる》がいやってほどいるからなぁ。どうせ、遠からず獄門《ごくもん》にかけられる連中だ。二本差しにだって、遠慮はしねえや」

「そ、それがしは……」

やがて観念したのか、将又《はたまた》よい思案が浮かんだのか――。

「それがしは……直参《じきさん》旗本・由井《よしい》家の三男にて……」

若侍は訥々《とつとつ》と名乗りはじめた。

「由井順三郎《じゅんざぶろう》と申す。……書院番頭《しょいんばんがしら》の由井掃部助《かもんのすけ》は我が父じゃ」

「え！」

と声に出して驚いたのは番太郎の三次《さんじ》だが、もとより重蔵も、内心では同じく驚いている。

（五千石の大身《たいしん》だな。……面倒臭えのに関わっちまったか）

驚くと同時に、重蔵は少しく臍《ほぞ》をかんだ。

「なるほど、名門だな」

だが表面はさあらぬ体《てい》で聞き流した。こんなとき、相手に少しでも弱みを見せるのは禁物だ。弱みをみせれば、忽ち嵩《かさ》にかかって居丈高《いたけだか》になる。権力の上位にいる者の常だ。

「で、由井家の若様よ、なんだって辻斬りなんて物騒な真似をしでかしたんですかね？」

「辻斬りではない」

「は？　なんですか、順三郎様？」

「辻斬りではないッ。そんなつもりはなかった」

「では一体なんのおつもりだったので？」

「刀の……」

「刀の？」

「か、刀の試し斬りだ」

「試し斬りだぁ？」

さすがに重蔵は語気を荒げた。

冗談ではなかった。

試し斬りで人の命を奪われたのではたまったものではない。それまで、堪《こら》えに堪えていたものが、堰《せき》を切って溢れ出るのを自分でも抑えきれなかった。

「ふざけなさんなよ、糞《くそ》若様。てめえはただの人殺しだ。きっちりお裁きを受けてもらうから、覚悟しやがれ」

「………」

親の名前を出せば忽ち掌《てのひら》を返す筈の重蔵が逆に激怒したことに、由井順三郎は仰天し、そして完全に言葉を失った。

結局、宣言したとおり、朝まで番屋に留め置き、当番の同心と目明かしが来るのを待って大番屋に移し、そこで厳しく詮議をおこなった。

「家の者を呼んでくれ」

という順三郎の懇願はあっさり退《しりぞ》けられた。

「本当のことを話すまで、家には知らせてやれねえなぁ。てめえのしでかしたことも正直に言えねえような奴、身分も偽《いつわ》ってねえとは限らねえからなぁ」

「そんな……」

順三郎は忽ち泣き顔になった。

ともあれ、本人が旗本・由井家の子息だと主張している以上、確認には行かねばならない。もしそれが本当ならば、何《いず》れ由井家側から何らかの申し入れがあるだろう。勿論、奉行に対して。

（まずかったかなぁ）

と思いながらも、同心たちには、厳しい詮議を続けるように指図した。

指図をして、重蔵は一旦帰宅した。仮眠をとるためだった。昨夜はお京の家に着くまで、かなり長いあいだ夜廻りしていた。お京の家で一時《いっとき》飲んだため、更に疲労した。

さすがにクタクタだった。明《あけ》六ツから一刻《いっこく》あまり、泥のように眠った。目覚め際《ぎわ》にお悠の夢を見た気がしたが、すぐに忘れてしまった。


一刻ほど自邸で眠ってから、衣服を改め、髭を当たって、重蔵は奉行所に出仕した。

ある程度覚悟はしていたが、奉行所内の騒ぎは、予想以上のものだった。

だが、周囲が如何に騒ごうと、奉行の矢部は、断固として適切な処断を下すだろう。

その結果、自らの立場が悪くなることなど、ものともせずに──。

（いちいち報告しなくていい、と言われはしたが、そういうわけにもいかねえだろうなぁ）

一旦与力詰所に入って同輩たちに挨拶してから、重蔵は重い足どりで奉行の部屋へと向かった。

奉行は通常、奉行所ではなく、渡り廊下で隔てられた奥の役宅の居間にいる。

吟味の必要があるとき、或いはお白州《しらす》での裁きの際にのみ、廊下を渡って奉行所に入る。自らの存在が、同心たちに無用の緊張を強《し》いていることは自覚しているようで、極力彼らの前には姿を現さないようにしているのだろう。

「戸部です。よろしいでしょうか」

部屋外から声をかけると、ひと呼吸おいて、

「入れ」

感情のない声音で返事があった。

障子を開け、その場で一旦平伏してから、

「失礼いたします」

重蔵はやおら部屋に入った。

矢部は無言で書見台から顔をあげる。

「昨夜、捕らえました辻斬りの下手人のことでございますが――」

かまわず重蔵が話しはじめると、

「それで、調べはどこまでついたのだ？　由井の馬鹿息子は、罪を認めたのか？」

遮《さえぎ》るように矢部は言い、余計な言葉を発することを重蔵に禁じた。既に、事のあらましは聞かされているのだろう。

「三日前、向島《むこうじま》の船着き場のそばで見つかった町人の件は、しぶしぶ認めましてございます」

「何者なのだ？」

「は？」

「向島の船着き場のそばで見つかった、その町人だ」

「あ、日向屋《ひゅうがや》という薬種《やくしゅ》問屋の手代で、喜助《きすけ》という者です」

「喜助は金まわりがよかったか？」

「え？」

虚《きょ》を衝《つ》かれてしばし戸惑ってから、

「大店の手代ですから、悪くはなかったと思いますが……」

不得要領《ふとくようりょう》に答えながら、

「順三郎は辻斬りの目的を、刀の試し斬りだと申しております。それがしに対しても、金がないとわかってもなお執拗に斬りかかってまいりましたし……金品が目的ではないのかと――」

重蔵は、矢部の言葉の意味をぼんやりと察した。

「では、順三郎が辻斬りに用いたその佩刀《はいとう》はなんであった？」

「因州鍛冶《いんしゅうかじ》の業物《わざもの》ではありますが……」

「無銘か？」

「はい」

「だろうな」

得心顔に矢部は肯く。

「順三郎の目的は、試し斬りなどではない。明らかに金品だ。それ以外にはない」

「何故言い切れます？」

とは言い返さず、重蔵はただ黙って矢部を見返した。なんの根拠もなく、自説を主張する男ではない。

「刀の試し斬りというのはな、そもそも刀道楽の趣味があってこそのものだ。由井の三男坊に、そんな高尚な趣味はない」

「由井順三郎をご存知でしたか？」

「知らぬ」

「…………」

「知らぬが、噂は聞いておる。そやつの父、由井掃部助は書院番頭の役職を金で買ったような男だ。幕閣のお偉方にばら撒く金は惜しまぬが、平素は大変な吝嗇漢《りんしょくかん》で、部屋住みの穀潰《ごくつぶ》しなどに遊ぶ金はやらぬ」

「さ、左様でござりまするか」

「由井の小倅《こせがれ》は、大方遊ぶ金欲しさに、懐のあたたかそうな者に目をつけ、襲ったのだ。そちを襲ったのも、そちが身なりのよい、如何にも金を持っていそうな武士と思うたからだ」

「しかし、昨夜はほぼ闇夜に近く、身なりを確認することはかなわなかったはずですが」

「はじめから、目をつけておったのだ」

「はじめから、でございますか」

重蔵はさすがにいやな顔をした。

身なりのよさに目をつけ、更には簡単に殺せそうな相手と侮《あなど》られたとしたら、甚《はなは》だ心外である。人に懐《なつ》かれ易い恵比寿顔も、大概《たいがい》にしなければならない。

「喜助とやらも同じだろう。夜間猪牙舟《ちょきぶね》を用いるのは、大半が遊郭通いの者だ。遊郭

人通りの多い広小路にさしかかると、喜平次を避ける者は更に増え、彼の行く手は、見る見る二手に分かれてゆく。

(畜生ッ)

喜平次の足どりは無意識に速まった。

そうしないと、

「なに、拗《す》ねてんのさ」

思い出したくもないお京の言葉が、容赦なく脳裡に甦ってくる。

「みっともないよ、男のやきもちは」

唐突なお京の言葉に、そのとき喜平次はドキッとした。

「な、なんだよ、藪《やぶ》から棒に——」

重蔵が去ってから、まだ半刻と経ってはいなかった。

「あんた、旦那が、青次って巾着切りあがりの若い子を可愛がってるのが、気にくわないんだろ」

「な、なに言いやがる。……だいたい、青次とやらも、そろそろ三十だ。若い子じゃねえや」

「…………」

むきになった喜平次が面白くて、お京はつい、忍び笑った。大の男でも震え上がらせる強面のくせに、お京に見せる素顔はまるで三つ四つの童《わっぱ》のようだ。それが、この男を愛《いと》おしく思う理由でもあるのだが。

「なにが可笑《おか》しいんだよ」

喜平次は更にむきになる。

「自信がないんだねぇ」

「だから、なにがだよ」

「あたしの前で、わざと旦那に反抗的な口をきいてるんだろ」

「………」

「あたしが、まだ旦那に惚れてるとでも思ってるのかい？」

追い討ちをかけてしまったのは、だがお京の失策だったかもしれない。たとえ思っても、口に出していいことといけないことがある。お京はその境界線を易々と破った。

喜平次をとことん追いつめて、窮鼠《きゅうそ》に変えたのだ。

「まだ、ってこたあ、やっぱり惚れてやがったのか」

「え？」

自ら墓穴を掘ったとも気づかず問い返したお京の間抜け面が、喜平次にはなにより我慢できなかった。

「あんた？」

今朝、出がけに喜平次を見送るときのお京は、窺うような目つきで覗き込んできた。

「二、三日、戻らねえよ」

目を合わさずに言い捨て、喜平次はお京の家を出た。

（そんなに旦那がよけりゃ、とっとと乗り換えりゃいいだろうがッ）

口に出したい言葉は、勿論呑み込む。それを簡単に口に出せる喜平次なら、これほど腹を立てることもなかったろう。

たかが女のことで心を乱したり、我を失ったりするなど、愚《ぐ》の骨頂《こっちょう》だと思ってきた。少なくとも、自分はそうではない、という自信もあった。

だが、自分より明らかに優れている男をまのあたりにすると、その自信も忽ち揺らぐ。

重蔵から命じられた探索がなかなか捗《はかど》らないことに苛立《いらだ》っているのは、ほかならぬ喜平次自身だった。

なによりも、重蔵から使えない男と思われるのが情けない。

やきもちを妬いているのかと言われれば、或いはそうなのかもしれない、とも思う。喜平次が青次のことを調べたと言ったときの、

(余計な真似をするな)

と言わんばかりな重蔵の目が心外だった。

悪事に順位があろうとも思われないが、一人働きの、ほんのこそ泥にすぎない自分と、《野ざらし》の九兵衛一味ほどの極悪一味に身を置いていた青次とでは、悪事の格が違うのではないか。一味の中では一番下っ端のほんの使い走りで、たいした悪さはしていない、と重蔵は言うが、果たして、九兵衛のような情け容赦ない親分の下にいて、そんなことが可能なのだろうか。

特別の温情をもって罪を赦されたなら、喜平次と同様に密偵の役を務めるべきなのに、何故重蔵は、それを青次に課さないのか。

(俺には危ねえ真似させといて、不公平じゃねえかよ)

同じく前科がありながら、暢気《のんき》に堅気の暮らしを謳歌《おうか》している らしい青次のことを、快くは思えなかった。

(俺だって、堅気になれるもんなら……)

と、思わぬことはない。

だが、だったら堅気になってどんな生業《なりわい》をするのかと言われると答えに困るのだが。

「兄貴？　喜平次の兄貴じゃねえですかい？」

鬱々《うつうつ》とした思いを抱えながら吾妻橋《あずまばし》を渡っているとき、喜平次は不意に声をかけられた。

「………」

足を止め、正面から来た相手をじっと見返す。

濃紺のめくら縞を着た三十がらみの痩せた男だ。ニコニコと愛想のよい笑顔を見せてはいるが、暗闇の猫のように円《つぶ》らな瞳のその奥には愛想の悪い本心が潜《ひそ》んでいそうな、ちょっと薄気味の悪い感じがする。

「やっぱり、兄貴だ。間違いねえや。……《旋毛《つむじ》》の喜平次兄貴ですよね」

人に聞かれたくない二つ名は、さすがに声を落として囁くように言ったが、それを聞いた途端喜平次は内心の動揺を必死で隠した。と同時に、目の前の男が誰であるかを忽然と思い出した。

「お忘れですかい、以前勝三《かつぞう》親分のところにいました……」

「忘れちゃいねえよ、文《ぶん》の字《じ》」

相手の言葉が言い終わらぬうちに、喜平次は早口で強く被《かぶ》せた。

自ら名乗るより先に名を呼んでやれば、相手も悪い気はしまい。悲しくて情けないのは、こちらが覚えている相手から、名前もなにもかも、すっかり忘れられていることだ。

「変わらねえなあ、《啄木鳥《ケラ》》の文吉《ぶんきち》、いまも勝三親分のところにいるのかい？」

内心の動揺をひた隠しつつ、片頬をあげてニヤリと笑う。大の男でも、小便チビって当然、と言われる喜平次の凄みある笑顔だ。黄昏《たそがれ》の中で見ると、一層ひきたつ。

文吉も、少しくビビったのか、しばし言葉を失っていた。

「い、いえ、いまはもう、勝三親分のとこにはいませんや。元々、盗っ人は性に合わなかったんですよ」

「盗っ人をやめて、いまはなにやってんだ？　まさか堅気になったんじゃねえだろうな？」

「はは…まさか」

文吉は鼻先で笑い、

「兄貴こそ、どうなんですよ」

声をひそめて問うてくる。少し脅せばビビるかと思えば、抜け目なく矛先を逸《そ》らし、なお近寄ってくる。こういう男が一番厄介だ。

(面倒臭ぇなぁ)

よりによって、いやな男に見つかった、と喜平次は思った。

「この数年、江戸で兄貴の噂を聞いてませんよ。兄貴こそ、まさか足を洗ったんじゃねえでしょうね」

面白半分、冗談半分の口調で問われ、

「しばらく江戸を離れてたんだよ」

仕方なく、喜平次は応えた。

「火盗に目ぇつけられちまってな。江戸に戻ったのはつい最近よ」

「へえぇ、そうでしたか。そりゃあ、ご苦労なすって、大変でしたねぇ」

文吉は白々《しらじら》しく感心してみせた。相変わらず、いやな笑顔だ。

「どうです、兄貴、そのへんで一杯——おごらせてくださいよ」

「おめえ、羽振りがいいのかよ」

「まあね」

「羨ましいなぁ」

「だったら、ちょいと話を聞いてやってくださいよ」

「え?」

「いい儲け口があるんですよ」

と言われて断れば、怪しまれるだけのことだ。

「おお、いいねぇ。聞かせてくれよ」

せいぜい凄みのある笑みを満面に滲ませて随《したが》うしかないだろう。


喜平次が、《縹《はなだ》》の勝三配下の《啄木鳥》の文吉とはじめて会ったのは、おそらく十年近く前のことだ。

当時文吉は二十歳そこそこ。優男《やさおとこ》故荒仕事は手に負えず、一味の中では、おもに引き込み役をやらされていた。

お店《たな》に住み込んで、中から閂《かんぬき》をはずしたり、心張り棒をはずしたりするのだが、そのためには真面目にお店勤めをして、主人や店の者たちから信用されねばならない。真面目に働けないからこそ、盗賊一味などに身をおいている年若い男が、お店勤めなど面白く思うはずがない。

専《もっぱ》ら、狙ったお店の女の奉公人を誑《たら》し込み、戸を開けさせるのを常としていた。

その際、
ツクツクツクツク……

と、あやしまれぬ程度の強さで戸口を叩く。

それ故の、《啄木鳥》の二つ名であった。

文吉は、男の喜平次から見れば痩せぎすで、ただあやしい感じのする男だが、顔だち自体は悪くないため、そこそこに女好きがするようだった。また、美男すぎないのも、女があっさり騙される所以《ゆえん》かもしれない。女は存外現実的な生き物だから、自分には不釣り合いな美男が近寄ってくれば警戒する。文吉程度なら、ちょうどよいのだろう。

喜平次との出会いは、例によって賭場だった。

声をかけてきたのは文吉のほうだ。

「兄さん、強いね」

「今日は一度も負けてないね」

指摘されて、喜平次は内心ギョッとした。

博奕は、喜平次にとって表の生業である。負けるわけにはいかないが、必要以上に大勝ちもしない。目立ちたくはないのだ。

だから、人目につくような大儲けはせず、そこそこに勝つことを心がけている。そのため、続けては賭けず、ゆっくりとときをかけて勝ちを重ねてゆく。ときにはわざと負けたりもしながら――。

（こいつ、ずっと見てやがったのか）

正直薄気味悪かったが、さあらぬていで黙殺していた。

喜平次の強面を、堅気の衆は怖れているから、気軽に声などかけてはこない。

だが目の前の若い男は、異様に紅《あか》く見える唇を弛めて不敵に笑っている。堅気であろう筈がなかった。

（同業者か）

薄々察した。尚更関わりたくはなかった。喜平次のように一人働きでそこそこ稼いでいる者は、同業者からは目をつけられ易い。どの一味も、腕のいい鍵師が欲しいのだ。だが、腕のいい鍵師は既にどこかの一味に属している。一人働きの者は、なにからなにまで一人でやらねばならぬため、当然土蔵の鍵も易々と開けられる。

「うちで働いてみねえか。なんなら、稼ぎの半分をくれてやってもいいぜ」

これまでにも、何度か誘いを受けている。その都度、丁重に断り続けてきた。人と群れるのは好きではないし、ましてや、悪党同士で馴れ合うなど、考えただけでもゾッとする。

「兄貴、鍵師だろ？　鍵師は目がいいから、賽子《さい》の目が読めるって聞いたことがあるけど、本当なんだな」

耳元で、囁くように声を落として文吉は言い、喜平次は益々警戒した。

「鍵師は手先が器用だから、イカサマに向いてるのさ。俺は鍵師じゃねえよ」

すごみをきかせて囁き返したが、言ってしまってから、しまったと臍《ほぞ》をかんだ。鍵師ではないと否定すると同時に、鍵師ではないが盗っ人ではあると認めたことになる。

（ああ、面倒臭ぇな）

喜平次が臍をかむほどに、男の紅い口許が嬉しげにほころんだ。

「じゃ、一人働きですかい。益々ありがてえや」

「よせよ、こんなところで――」

喜平次は恐い顔で相手を戒《いまし》めた。

周囲はざわめいていて、二人の会話に耳を澄ます者もいないだろうが、こんなところで同業者同士の話をするつもりはない。

「じゃあ、一杯おごらせてもらえるかい、兄貴。兄貴の賭けるとおりに賭けたおかげで、おいらも少し、懐があったけえんだ」

仕方なく、喜平次はその申し出を受けた。但し、おごったのは喜平次のほうだ。こんな気味の悪い相手から迂闊《うかつ》におごられたりすれば、末代まで祟《たた》られることは間違いなかった。

「うちで働いてもらえませんか？」

文吉は、己の名を名乗り、《縹》の勝三という頭《かしら》の名を口にしてから、すぐさま本題に入った。その性急さ自体は、嫌いではなかった。早く本題を口にしてもらえば、それだけ早く、この気持ちの悪い男に別れを告げることができる。

「お頭が、腕のいい鍵師をさがしてるんですよ」

「俺は鍵師じゃねえって言ったろ」

「一人働きでしょう。一人働きなら、鍵も開けられるはずですよ」

「…………」

「一度、うちのお頭に会っちゃくれませんか？」

「悪いが、勝三親分の下で働く気はねえよ」

「どうしてです？」

とは聞かず、文吉は紅い唇をニヤリと笑ませた。

どことなく、蛇を思わせる文吉の笑いに、喜平次は再びゾッとした。

「別に、働いてくれなくても、いいんですよ」

「なに？」

「いえね、お頭がうるさくって。人よりちょっとだけ手先が器用ってことで、いまはおいらがやらされてんですが、鍵師でもねえのに、開けられっこねえですよ」

悪びれもせず、文吉は言った。

「どうしてあんなに、鍵師鍵師って大騒ぎするのか、わからねえや。だって、土蔵の鍵なんて、店の奴からもらえばいいだけの話でしょ。そのために、女だって誑し込んでるんだし」

口調の明るさが、口にする言葉の内容をより不気味に感じさせた。

一味の頭が、腕のいい鍵師を欲しがるのは、なるべく余計な犠牲を出さないためだ。

盗っ人は、押し込み強盗ではない。強盗ならば一家を皆殺しにして金品を手に入れるが、本当の盗っ人は、決して人は殺さないものだ。ひっそりと忍び入り、家人に気づかれることなく盗み取る。

そのための引き込み役であり、鍵師なのである。

だから、腕のいい鍵師のいる一味は、余計な殺生《せっしょう》を犯さずにすむ。鍵師を欲しがるお頭ほど、まともな盗っ人であるとも言えた。それをあっさり笑い飛ばす文吉という若者の心根が、喜平次にはそら恐ろしかった。

その後も執拗につきまとわれ、喜平次は仕方なく、《縹》の勝三親分に会った。

《縹》の勝三は、この当時五十がらみの、盗賊の頭としてはごく普通の——というか、どちらかといえば善良そうにも見える男で、文吉のような化け物を、それとも知らずに手下にしている迂闊さは、いっそ微笑ましくも思えたほどだ。

そんな勝三から、

「鍵開けてくれねえかな」

口説きとも言えない下手な口調で頼まれると、遂に断りきれず、一度だけという約束で一味に加わった。

あのときの居心地の悪さは、いまでも思い出すだけで寒気がする。

喜平次が難なく土蔵の鍵を開けたおかげで、その日は無用の犠牲者を出さずにすんだと、古参の手下が喜んでいた。

「いつもは、文の字が誑し込んだ女から、鍵のありかを聞き出すんですけどね、それがもう、見てられねえような有様で……」

その男の話を、半信半疑で喜平次は聞いた。

どんなに極悪で残忍な男でも、一度情を通じた女には、それほど非道な真似はできない。それが男というものだと喜平次は信じてきた。

しかし、どうやらそうでない者もいるのだと、喜平次ははじめて知った。

「女って、気持ち悪くねえですか」

ある日文吉から唐突に訊かれ、喜平次は戸惑った。酒の上の戯《ざ》れ言《ごと》かと思えば、仏《ぶっ》法僧《ぽうそう》のように大真面目である。

「女が、嫌ぇなのかい？」

文吉の真剣な顔つきを内心不気味に思いつつ、喜平次は問い返した。

「だって、ただでさえ化け物みてえな顔に化粧塗りたくって……吐き気がするんですよ。ちょっと褒めればすぐつけあがるし、一度でも寝てやりゃあ、忽ち女房気取りだ」

「たいした嫌いようだな。なんか、いやな思い出でもあるのかい？」

「別に――」

文吉が不機嫌に口を閉ざしたのは、喜平次の言葉が図星をさした証拠であろう。

だが――、

「別に、なんにもありませんよ。……女なんぞに、なんの思い出もあるもんですか」

すぐに顔をあげ、喜平次の目を真っ直ぐ見据えて文吉は言った。血が滲んだように紅い唇の端を歪めた顔は、それこそ化け物のように、喜平次には映った。

　女嫌いどころか、女という存在そのものを深く憎悪しているらしい文吉のような男が、一体どんな手管《てくだ》を用いて女を誑し込むのか、興味はあったが、正直もうこれ以上関わりたくはなかった。

（これ以上、しつこく誘われるようなら、しばらく江戸を離れるしかねえな）

　思っていた矢先、《縹》の勝三一味が、火盗の厳しい探索を避けるため、一時上方《かみがた》へ逃れることになった。一味が挙《こぞ》って江戸から去ってくれることに、内心喜平次はホッとした。生まれてこの方、よい思い出など一つも持たない喜平次だが、矢張《やは》り生まれ育った土地を離れるのはいやだった。

「また、一緒に仕事しましょうね、兄貴」

　別れ際の文吉の言葉には正直言ってゾッとしたが、

「ああ、達者でな」

　ともあれ笑顔で別れを告げた。

　どうせ、明日をも知れぬヤクザな稼業だ。金輪際《こんりんざい》、顔を合わせることもあるまいと思われた。できれば、金輪際顔を合わせたくはなかった。

三

（それが、よりによって、また会っちまうとはなぁ）

複雑な思いにかられながら、喜平次は長床几《ながしょうぎ》に腰掛け、片胡座《かたあぐら》をかいている。

「煮えてきましたよ」

向かい側に座した文吉は、嬉しげに湯気のたちのぼる葱鮪鍋《ねぎまなべ》を覗き込んでいる。

「火がとおったら、すぐ食べてくださいよ。かたくなっちまいますからね」

そんな文吉を、喜平次はぼんやり見つめていた。

別に会いたくもない相手で、それ以上話したくもなかったが、

「まあ、飲みながら話しましょうや」

と誘われると、断れなかった。

文吉の言う、「いい儲け口」とはなんなのか気になったし、偶然再会した昔なじみの誘いを断るには、不自然にならぬ程度の理由が必要だ。だが、喜平次には、それが思いつかなかった。それに、無下《むげ》に断ってあとを尾行《つ》けられ、ヤサをつきとめられたりしたら厄介だ。文吉のしつこさは思い知っている。

上野馬道《うえのうまみち》にある老舗の居酒屋へは、以前何度か一緒に来たことがあった。肴の美味い人気店なので店内はいつも混み合っており、二、三度行ったくらいでは、店の者に顔を覚えられる心配はない。

「冷えた体には染みやがるなぁ」

「相変わらず、いい飲みっぷりだね」

熱燗を、注《つ》がれるまま二杯三杯と干す喜平次を、目を細めて文吉は見る。

「おめえも飲みなよ」

文吉の手から徳利を取って注ぎ返してやると、

「あ、すみません」

文吉は嬉しそうにそれを受けた。

「兄貴は全然変わりませんね」

「そうかい」

「ええ、全然変わってませんや。相変わらず、いい男ぶりです」

相変わらず、ゾッとするほど気色《きしょく》の悪い文吉の笑顔に、喜平次は内心身震いする。それを隠すため、更に盃を重ねた。

「で、おめえはいつ江戸に戻ったんだよ」

「いつもなにも……」

喜平次の問いに、文吉は反射的に口許《くちもと》を抑えた。思わず噴き出しそうになるのを、咄嗟《とっさ》に堪《こら》えたのであろう。

「おいら、ずっと江戸にいましたよ」

「え？」

喜平次は少しく混乱したが、

「だから、おいらはずっと江戸にいたんですよ」

文吉は平然と答えてのける。

「だけど、《縹》のお頭は……」

「お頭は、あの頃でもいい加減老い耄《ぼ》れてましたからね。足を洗いたい、と言ったら、あっさり許してくれました。『堅気になって、所帯でももって、長生きしろよ』とか言って、おいおい泣いてくれましたよ」

「上方へ行きたくねえから、お頭に嘘ついたのか？」

喜平次があきれて問い返すと、

「ええ。……誰が、上方なんかに行くもんですか」

悪びれもせずに文吉は応えた。

「風の噂で聞いたんですが、どうやら上方で、捕まっちまったらしいんですよ、《縹》のお頭」

「そ、そうなのか」

「ええ、そりゃあ、もう、一網打尽《いちもうだじん》だったようで――」

「…………」

「あぶねえ、あぶねえ、老い耄《ぼ》れと一緒にいたら、おいらもいまごろは獄門首でしたよ」

「打ち首になったのか、《縹》のお頭」

「そりゃあ、そうでしょう。盗っ人なんですから」

「だが、《縹》のお頭は、決して殺しはやらねえお人だろう。殺してねえのに打ち首ってのは、ちょいとばかり厳しすぎるだろう」

「お頭自身はそうでも、一味の頭ですからね。一味の誰かが殺しをやれば、それはすべてお頭の罪になりますよ」

「殺しをやったのはてめえじゃねえのか？」

とは、喜平次には訊けなかった。

恩のあるお頭と仲間たちの悲惨な運命を、さも面白そうに話す文吉に、喜平次は心底嫌悪を覚えた。

(腐《くさ》ってやがる。……心底、性根が腐ってやがる)

たった一度仕事を手伝っただけの喜平次ですら、旧知の者の死を聞かされれば心が痛む。それが人間というものではないか。

だが、目の前にいる男は、仲間たちの死を悼《いた》むどころか、笑っている。

喜平次は、できればいますぐこの場を去りたかった。それを辛うじて堪え、とどまっていたのは、この性根の腐った気味の悪い男が、現在どのような悪事に手を染めているかを聞き出さねばならない、という使命感からだった。この数年、重蔵の密偵として働いてきたせいか、自然とそういう発想になるらしい。

「それより、兄貴こそ、どうなんですよ?」

喜平次の内心など夢にも知らず、ふと思い出したように文吉が問うた。

「なにがだ」

「この数年、ホントに兄貴の名前を江戸で聞いてませんや。一体いつから江戸を離れてたんです?」

「いつって……さあ、かれこれ、三年くらい前かなぁ」

わざと鈍《にぶ》そうな表情をつくり、充分に酒がまわった口調で喜平次は答える。

「どうしてまた？」

「言ったろ、火盗に目ぇつけられちまってな」

「兄貴ほどのお人が？」

「どんな盗っ人でも、いつかは捕まるさ」

「でも、兄貴は捕まってねえ」

「捕まりたくねえから、逃げたんだ」

「何処に？」

「え？」

「だから、何処にいたんですよ？」

　文吉は執拗に問うてくる。

「ああ、まあ、田舎《いなか》のほうにな」

「田舎って？」

「下野《しもつけ》のほうだよ」

　執拗に追及されて、苦し紛れに喜平次は応えた。

「下野ですか？」

「親父の故郷なんだよ」

「へぇえ、そうなんですか」

喜平次の嘘を見抜いているかのように、文吉は大仰に肯いてみせた。

元々得体の知れない、薄気味の悪い奴だったが、時を経て、その不気味さには一層磨《みが》きがかかったようだ。

「それで、江戸に戻ってきて、相変わらず一人働きをなすってるんですか？」

「ああ、人と群れるのは好きじゃねえからな」

「割に合わなくねえですか？」

「…………」

「盗っ人なんて、危ない橋を渡る割には、全然割に合わねえじゃねえですか」

「どういう意味だ？」

「そのままの意味ですよ。仮に、お店に押し込んで、千両箱一つ手に入れたとしても、そのうち、お頭が半分せしめて、あとの半分を、みんなで山分けですよ。不公平ですよ」

文吉の主張を、喜平次は苦笑いで聞き流した。

元々、文吉とは、共感できる点が少ない。十年の時を経たからといって、俄《にわか》に意見が合うようになってはいないだろう。

「そりゃ兄貴は一人働きだから、稼いだぶんは一人占めでしょうけど、そもそも、一人働きでそんなに稼げるわけもねえでしょう」

「………」

「だからおいらは、もっと楽して儲かる生業《なりわい》を見つけたんですよ」

「なんだい、楽して儲かる生業って？」

「商いです」

「商い？」

「堅気の商売と同じですよ。品物を仕入れて、売る。……利益ははかりしれません。なにしろ、仕入れに金がかかりませんからね」

「そんな巧《うま》い話が……」

「あるんですよ」

あるわけねえと言いかけるところへ、文吉が強く被《かぶ》せてくる。

「その品物って、一体なんだ？」

「ふふ……」

文吉は一旦言葉を止め、底冷えするような笑みを満面に滲ませてから、

「知ったら、もう後戻りできませんよ、兄貴。いいんですか？」

脅しとしかとれぬ言葉を吐いた。

本能的なおそれを、喜平次は感じた。できればそれ以上は聞かず、この場から逃げたいと思った。文吉のような男とは、金輪際関わりたくはなかった。

だが、逃げるわけにはいかなかった。

喜平次は薄々察したのだ。

いま彼の目の前にいる、この気味の悪い文吉こそが、喜平次の最も欲する情報をもたらしてくれる相手なのではないか、ということを——。

「勿体つけずに、言えよ」

負けずに不敵な笑顔で言い返しながら、喜平次は心の片隅で、

(出がけに喧嘩してきてよかったなぁ)

チラッとお京のことを思った。理由も告げずに何日も戻らなければ、いくら喧嘩していても、さすがにお京は心配するだろう。だが喜平次は、

「二、三日戻らねえ」

と宣言してきた。それならお京も気を病《や》まずにすむだろう。もとより、そんなふうに思うのは、喜平次の勝手な気安めにすぎなかったが。

四

旗本由井家。

無役ながら五千石という大身《たいしん》で、当主の掃部助は老中はじめ幕閣のお歴々にも顔がきく。山吹色《やまぶきいろ》の菓子をせっせとばら撒き、昨年晴れて、書院番頭の職を得た。

書院番は、そもそも将軍の身を守る防御任務を主として設立され、敵勢への攻撃を旨とする大番と並んで、旗本に課せられた重要な職務であった。当初江戸城の白書院に駐在していたことからこの職名がつけられたが、現在ではそういう習慣はない。

将軍家の親衛隊ともいうべき役職でありながら、職務という職務は殆《ほとん》どなく、おそらく、無役のときと、さほどその日常は変わっていないに違いない。

何故なら、将軍家の身に危機が迫ってこその親衛隊であり、その危険がなければ、存在する意義も見出せないのがこの役職の宿命だ。いわば、実質が失われて名のみが残った名誉職である。

名誉職であるから、当然格式の高い家の当主にしか与えられず、実務が殆どないにもかかわらず、役高は大きい。

元々小大名級の大身である上、いまは破格の役高を得ているため、由井家は相当潤っていそうだった。

(こんなお屋敷に生まれ育った奴が、金品目的の辻斬りなんぞやらかすか?)

由井家の壮麗な門構えに対した瞬間、重蔵は、矢部の言葉を全否定したくなった。

それほど、駿河台小川町《するがだいおがわまち》にある由井家の屋敷は、無意味な格式と豪奢《ごうしゃ》に彩《いろど》られていた。

だが、矢部定謙という有能すぎる男の言葉を、重蔵は必ずしも疑わない。

(いくら立派なお屋敷に生まれ育っても、部屋住みの次男三男となりゃあ、話は別か……)

家督を継ぐべき長男は、既に当主である父親の下で、書院番組頭という職を得ることが決まっているらしい。次男には、そこそこの家柄の旗本家へ婿入りの話もあがっている。先行きになんの希望もないのが三男坊の順三郎で、二人の兄とは母も違うため、屋敷内では、子供の頃から孤立していたのかもしれない。

(だからって、同情はしねえぜ。どんな環境に生まれ育とうが、真っ当に生きる奴もいる。みんながみんな荒《すさ》んだ人生を送るわけじゃねえ)

重蔵にとって、それは一縷《いちる》の願いでもあった。

路地に面した通用口が開いて、薄紫《うすむらさき》の着物の女が姿を現した。

三十半ばの年増《としま》女だが、お仕着せの着物のせいか、化粧や髪形など、精一杯若作りしているようだ。老けはじめた厚化粧の顔に、島田に結われた髪は痛々しいほど似合っていない。もう少し加齢がすすめば、「老女《ろうじょ》」という身分に昇格し、着物も髪形も改められるのだが、それまでは若い侍女たちと同じ身なりでいなければならない。

しかし、実際には既に充分「老女」であり、若い侍女たちを口喧《くちやかま》しく叱ることから、女中たちのあいだでは「御年寄《おとしより》」と呼ばれ、陰口《かげぐち》をたたかれている。

そんなことを、目明かしたちは調べてきて重蔵に報告した。名前や、どういう家の娘であるかも、勿論調べているが、それはこの際どうでもいい。

重蔵にとって重要なのは、「御年寄」の口がどれくらい軽いか、ということだ。

「もし、お女中殿――」

路地から表通りへ数十歩進んだあたりまでひっそりとあとをつけ、重蔵は女に声をかけた。

「いまなにか、落とされましたが――」

「え？」

足を止めて振り向いた女に、自ら持参した白銀の鎊簪を見せながら、

「こちらは、貴方《あなた》が落とされたのではありませぬか？」

重蔵は問いかけた。

「………」

わざとらしく小首を傾げながら引き返してきた女は、しばし無言で、重蔵の手の中の簪を見つめた。あきらかに、値踏みする目つきで。牡丹《ぼたん》に胡蝶《こちょう》をあしらったその簪の見事な細工に、女は陶然と見入っていた。

「あ、私のです」

陶然とした顔のまま平然と答え、躊躇《ためら》うことなく、女はその簪を手に取った。

「拾っていただき、忝《かたじけ》のうございます」

きっちりと一礼した姿こそはさすがに武家の女らしく凛《りん》として清々《すがすが》しいが、己のものでもない簪を平気で着服しようという心根は、褒《ほ》められたものではない。

「見事な細工ですな」

「え、ええ」

白々しい重蔵の言葉に、戸惑いながらも女は肯く。

「どちらの店で、お求めになられました？」

「え？」

「いえ、これほど見事な美しい品、是非妻にも一つ、買い求めてやりたく思いましてな」

「そ、そうですか」

「で、どちらの店で？」

「さ、さあ……どちらの店でしたか。随分昔に買い求めたものなので……」

「お忘れになられたか？」

「ええ」

「それは残念」

さも無念そうな表情をつくって重蔵が言うと、女は少しくホッとしたようだ。

「しかし――」

再び重蔵が口を開くと、女は忽ち怯《おび》えた顔つきになる。可哀想とは思いながらも、内心重蔵は面白がっている。

「よく手入れされておられる」

「え？」

「白銀は、磨かねばすぐに黒ずみ汚れてしまう。随分昔に求められたにしては、まるで昨日今日作られた新品も同然。よほど念入りに手入れなさらねば、こうはゆかぬ。いや、天晴《あっぱ》れなお心がけじゃ」

「いえ、そのような……」

「ご謙遜《けんそん》なさらずとも。……ご公儀よりの倹約令にて、町人風情はもとより、武家といえども、贅沢品を身につけることは極力憚らねばならぬのが昨今の風潮。昔の品を大切に手入れしながら使うことこそ、ご公儀の意に添う見上げたお心がけと存ずる」

口を極めた重蔵の長広舌《ちょうこうぜつ》を、呆気にとられて女は聞いた。つまらぬ欲を出したばかりに、すっかり重蔵の術中に嵌《はま》っているとは、夢にも気づかない。

「ところで、そのお姿から察するに、書院番頭の由井さまのお屋敷にお仕えするお女中と拝察いたすが——」

「は、はい」

女は素直に肯いた。

「由井さまには、お変わりなくお過ごしか？」

簪のこと以外なら、なにを聞いても素直に答えてくれそうだと、重蔵は確信した。

「はい、旦那様も奥方様も、つつがなくお過ごしでございます」

「ご子息たちも?」

「はい、ご長男の又一郎《またいちろう》さまは、昨年若奥様とのあいだに御嫡男をもうけられました」

「おお、それはめでたい。早速《さっそく》祝いの品をお贈りせねば——」

「あのう、あなた様は?」

さすがに不安になり、女は重蔵に問うてきた。

「いや、由井さまには、父の代にご恩を受けた者でござるよ」

「左様でござりまするか」

よどみない重蔵の答えと、人の不安を忽ち解消せずにはおかないその笑顔に、女は安堵した。

「そういえば、ご次男も、ご縁談がまとまったとか」

「ええ、三千石の御大身のお嬢様と——」

「益々のご発展、なによりですな」

「ええ、本当に——」

「ところで、御三男は?」

「え?」

「御三男の順三郎殿は如何《いかが》なされておられます？」

「順三郎さまですか？」

一旦は安堵した女の顔が、再びの不安に暗く翳《かげ》った。さすがのお喋り侍女も、主家《しゅけ》の恥知らずな醜聞を、見ず知らずの人間に話していいものか、しばし迷ったのだろう。

てっきりそう思っていたら、

「あのお方は、辻斬りの下手人として、町方に囚《とら》われましてございます」

次の瞬間、迷わず、いっそ誇らしげな笑みさえ口辺に滲ませて、女は言った。

「まさしく、お家の恥でございます」

きっぱり言い切り、憚る様子が全く見られないのは、そのことを口にするのに、罪の意識など微塵も持たぬ証拠であった。

「ええ、あのお方……順三郎さまでしたら、いつかはこういうことになるのではないかと思うておりました」

罪の意識どころか、寧ろ得意げな顔で、その古参の侍女——貧乏御家人の娘で、名は静枝《しずえ》という——は言い切った。

「日頃から、御大身の若様とも思えぬお振る舞い、旦那様も奥方様も、ほとほと手を焼いておられたのですから」

「そんなに悪かったのかい？」

重蔵は故意に慣れ慣れしい口調で問うた。

「ええ、そりゃあ、もう。ああいうお方を、下々《しもじも》では、破落戸《ごろつき》というのでしょう。身の周りのお世話をする侍女たちにも片っ端から手をつけて……」

静枝の口調は、いつしか激しい怒りを帯びていた。素行の悪い息子の身辺に、若く美しい娘を侍《はべ》らせたりすればどうなるか、主人夫婦にもわかりきっていた筈だ。

だから順三郎の周辺には、侍女たちの中で最高齢の静枝をはじめ、年嵩《としかさ》で容貌のすぐれぬ者ばかりを配置した筈だ。ところが順三郎は、そんな冴えない容姿の侍女たちにも抜け目なく順位をつけ、己の欲望を満たす道具とした。

その道具にも選ばれなかった静枝の、順三郎への憎しみは尋常のものではなかった。だからこそ、重蔵が彼女に目をつけたわけでもあるが。

「もっと早く、他家へ養子に出されるなり、なんらかの処置をなされればよかったのです。そうすれば、当家のご子息が町方に囚われるというような不名誉は避けられたのですから」

「そうは言っても、なに不自由なく育った若様だろう。なんだって、辻斬りなんて大それた真似をしでかしたんだろうな」

「決まってますよ、遊ぶ金欲しさでしょうよ」

　重蔵の口調に誘発されてか、静枝の口調は、格式高い御殿女中のものから、伝法《でんぽう》な鉄火肌《てっかはだ》の姐御《あねご》のものに変わっている。

「なにか悪い遊びをしていたのかい？」

「そりゃあ、もう――」

　勢い込んで言いかけ、静枝はつと言葉を止めた。勢い込みすぎて、一気に吐くことができなかったためだ。一瞬の間をおいて、

「連日連夜、悪所《あくしょ》通いをしていましたよ」

　すべて吐ききったとき、静枝は、十年来の敵《かたき》を討ち果たしたような、この上ない爽快感に満たされた顔つきであった。

（女は怖ぇ）

　女として全く相手にされなかったその恨みの深さに、重蔵は無意識に身震いした。

第四章　《拳《こぶし》》の青次

一

「なんだと？」

　重蔵は思わず訊き返した。

　聞こえていなかったのかと思い、権八がもう一度同じ言葉を口にすると、

「順三郎は吉原通いをしていないだと？」

　聞こえていて、その内容に疑問を抱いたという意味の問いを、重蔵は発した。

　権八とその手先どもからの報告は、それほど重蔵を戸惑わせたのだ。

「そんな筈はねえ。本当に、吉原の遊郭《みせ》、一軒残らず聞き込んだのか？」

「ええ、おっしゃるとおり、吉原中の遊郭、一軒残らず虱潰《しらみつぶ》しに聞き込みをしまし

たが、そういう客は来てねえそうです」

　疲れきった顔で、権八は応える。本当に吉原中の遊郭をまわってきたのだとすれば、無理もないだろう。

「揚屋《あげや》もまわったのか？」

「ええ、揚屋もまわりました」

　と鸚鵡返《おうむがえ》しに権八が答えた揚屋とは、指名した遊女を呼び寄せて、ともに飲食したり遊興したりすることのできる施設のことで、吉原の中だけでも三十軒以上はあった。遊郭が全部で百数軒余。それに揚屋もすべて聞き込んだとなると大変な重労働だったわけだが、重蔵にしては珍しく、権八とその手先たちに対する労《ねぎら》いの言葉を忘れていた。

「そんな馬鹿な」

「馬鹿は旦那のほうですよ」

　とは言わず、権八は無言で重蔵を見返した。

　見込み違いは誰にでもあることだが、重蔵にしては珍しい。新任の奉行から、余程厳しく圧力をかけられているのか。

「だが、現に、奴の屋敷の女中が……」

「その女中が、いい加減なことを言いやがったのかもしれません」

「そうは見えなかったがなぁ」

「だったら、順三郎坊っちゃんが通ってたのは、吉原じゃねえんですよ。吉原以外にも、悪所《あくしょ》はそこいらじゅうにありますからね」

「大身の旗本の御曹司《おんぞうし》が、幕府が認めてねえような岡場所なんぞに行くかねぇ」

　少し考えてから、

「それに、吉原じゃねえなら、そんなに金はかからねえだろ？　詳しくは知らねえが、そういう女郎屋《じょろうや》の相場は、せいぜいひと晩二〜三百文くらいじゃねえのか？」

　どうだとばかりに重蔵は問い返したが、

「まあ、そんなもんですね」

　疲労が極に達しているのか、権八の答えは完全になげやりだ。

「その程度の金が欲しくて、辻斬りみてえな危ねえ真似をしてたと思うか？」

「さあ…甘やかされて育ったお武家の坊っちゃんのことは、あっしらみてえな下々のもんにはわかりかねますがね。父親がどケチで一文の金もくれねえってんなら、やるしかねえんじゃありませんか」

「ふうむ……」

「それに、吉原ほどじゃなくても、毎日のように通い詰めてりゃあ、それなりに金はかかりますよ。女郎の気をひきたくて、祝儀をはずむかもしれませんしね」

「なるほど」

重蔵は少しく感心する。

重蔵にとっては、どちらかというと苦手《にがて》な部類の話である。なにしろ、廓通《くるわがよ》いの経験というものが、殆どない。

「だが、吉原じゃねえなら、一体何処の廓のなんて女なんだ、順三郎のやつが入れ込んでやがったのは？」

「それ、どうしても調べなきゃいけませんか？」

やや遠慮がちに、権八は問うた。

吉原中の遊郭を調べるのに、この数日を費やした。それ以外の、無許可で営業している岡場所や、春をひさぐ女たちのいるような店を尋ね歩いたら、一体どれほどのときを要するのか。

権八は、蓋《けだ》し気が遠くなったに違いない。

「できれば、調べてえなぁ」

だが重蔵は、到底《仏》とは思えぬ非情な言葉を口にする。

「順三郎が、遊ぶ金欲しさに辻斬りをしていたことを明らかにするには、何処の廓の、なんという妓《おんな》と懇《ねんご》ろであったかを突き止めるのが一番なんだ。大変なのはわかってるが、なんとか調べてくれねえか」

申し訳なさそうに重蔵は言い、言葉と裏腹、まさに慈愛に満ちた《仏》の顔つきで権八を見つめた。

「は、はい。そりゃあ、仰《おお》せとあれば――」

「頼んだぜ」

権八の手を取り、しかと握りしめる。それで忽ち感激するほど、若くも青くもない権八だが、矢張り悪い気はしなかった。相手はただの平同心ではない。与力の旦那だ。与力の旦那から頼りにされている。

「わかりました。やってみます」

結局、請け負うしかないのだ。

「すまねえな」

心の底から、重蔵は詫びた。

(本当は、順三郎の野郎を締め上げて吐かせりゃすむ話なんだがな)

最終的にはそうするしかないかもしれないが、いまはまだ無理だ。

部屋住みの三男坊とはいえ、町方が旗本の子息を捕らえ、拘束し続けるだけでも大変なことなのだ。本来町方には武家を処断する権利はない。

老中の息がかかった寺社奉行あたりから、その身柄を引き渡せ、と言われれば、如何に硬骨の矢部と雖《いえど》も、拒否することは難しいだろう。

(その前に、吐かせなきゃならねえ)

重蔵にとって最も釈然としないのは、順三郎を辻斬りに駆り立てたその理由だ。人殺しが大罪だということは、戦国の世にでも生まれぬ限り、誰もが理解している筈だ。ましてや大身の旗本家であれば、本人の資質がどうであれ、幼少時から相応の教育を施される。四書五経《ししょごきょう》のうち、最低でも『論語』くらいは読まされていよう。

となれば、武家の子弟が学ぶべき学問の基本である儒学の思想を植え付けられた者が、最も重い犯罪である人殺しに行き着いたその理由を、重蔵は知りたかった。

(いくら褒められた人間じゃねえからって、そう簡単に、殺しを考えやしねえだろうぜ。なにより順三郎は、何不自由なく育った坊っちゃんだからな)

そのことが、なにか深い意味を持つように、重蔵には思えた。長年の勘というやつだった。

その勘にふりまわされる権八と彼の手先たちは気の毒であったが。

（わからねえなぁ）

雪かと見紛《みまご》うほど白く霜の降りた道を行く重蔵の顔色は冴えない。

吉原通いの線が消えてしまうと、由井順三郎がなんのために辻斬りをやってまで金を必要としてたのか、皆目見当がつかなかった。

「なあ、なんだってそんなに金が欲しかったんだ？　親父さんから、充分に貰ってるんじゃねえのか？」

宥《なだ》め賺《すか》すように繰り返し問うても、順三郎は頑《がん》として口を割らない。捕らわれて動揺したのと、伝馬町へ送られるかもしれないという恐怖心から、つい殺しを認めてしまったが、黙っていれば、あとは父親がなんとかしてくれると思い返したのだろう。大番屋から、奉行所内の仮牢へ身柄を移されてからは、一言も喋ろうとしなかった。

「旦那」

不意に呼びかけられて、重蔵は足を止めた。　ぼんやり考え事をしていたが、声を聞けば、相手が誰なのかくらいはすぐにわかる。

「青次」

「どうしたんです、昼間っから浮かねえ顔して」

「昼も夜も、いつだってこんな顔だよ」

簪の工賃でも入ったばかりなのか、上機嫌の青次を見て、重蔵は苦笑する。

名にし負《お》う盗賊一味に属してはいたが、元々青次は屈託《くったく》のない若者だった。

だからこそ、救ってやりたいと思い、足を洗うよう熱心に勧め、相手にされずとも、執拗につきまとった。

「あの頃の旦那は、まるで押しかけ女房みてえだった。昼となく夜となく、押しかけてきやがってよう」

いまでこそ青次は笑い飛ばすが、当時は本気で、重蔵を疎《うと》ましく思っていた筈だ。

他人様《ひとさま》の懐から掠《かす》めた金で易々と身過《みす》ぎ世過《よす》ぎしていた者が、一日がかりでコツコツ仕上げて漸く一～二文になるかならぬかという堅気の職人になるには、大変な覚悟が要《い》っただろう。

重蔵とて、楽にそれが為せるとは思っていなかった。

ところが——。

「足洗えって、言うけどよう、足洗ったら、どうやって稼ぐんだよ。……俺なんかにできること、あるのかよ」

ある日青次は気まずげに言い返してくれた。本心から出た言葉であることは、その顔つきを見れば明らかだった。

だが、内心の昂《たか》ぶりを抑えて、

「そうだなぁ。おめえは手先が器用だから、鍛冶《かじ》とか、細工《さいく》とか、手間職なんかいいんじゃねえか」

重蔵はわざと鈍い反応を示した。青次のような天《あま》の邪鬼《じゃく》には、そのほうが効果があると判断したからだ。

そしてその判断は正しかった。

「職人なんて、いますぐなれるわけじゃねえだろ。何年も修業しなきゃならねえ。俺にできると思ってんのかよ」

「さあなぁ。……やる気がありゃあ、できるんじゃねえのか」

「いい加減なこと、言うんじゃねえよ。俺みてえないい加減な奴が、厳しい修業なんかに堪《た》えられるわけねえだろう」

「まあ、おめえがどれくらいいい加減な奴なんだか、俺は知らねえが、巾着切りの修業には堪えられたわけだよな」

「…………」

青次は答えず、いまにも泣きそうな顔で重蔵を見返してきた。

その直《す》ぐな目を見た瞬間、

（ああ、こいつは、ホントに素直な生まれつきなんだな。九兵衛も、こいつのことは息子みてえに可愛がってたんだろうな）

重蔵はしみじみと思った。

両親はもとより、身近な大人たちから相応の愛情を注がれて育った者は、そう簡単にはねじ曲がらない。幼くして二親《ふたおや》を喪《うしな》った青次が、自分を拾って飯を食わせてくれた九兵衛のことを、親も同然に慕っていたことは間違いなかった。

九兵衛が小塚《こづかっ》原《ぱら》で処刑された日、刑場の竹矢来《たけやらい》にしがみついていつまでも泣いていた幼子のような背中を思い出す。

《野ざらし》と異名をとった、盗賊一味の頭・九兵衛は、冷酷無比なことで知られ、彼が通ったあとには無数の髑髏《しゃれこうべ》しか残らないという意味からその通り名がついたような男だが、蓋し青次には優しかったのだろう。意外な一面があったと言わざるを得ない。

「錺職人て、変かな」

次に顔を合わせたとき、真っ赤な顔で言い出したのは青次のほうである。

「おいら非力だから、鍛冶とか左官みてえな力仕事はちょっと……それに、どうせ作るなら、野郎の持ち物よりは、若い娘が使う物のほうが、張り合いがあると思うんだ」

「簪使うのは、若い娘だけじゃねえぜ。老けた年増だって使うんじゃねえのかい」

笑いを堪えた顔で重蔵が言うと、

「年増でも、女には違ぇねえ。野郎よりはましさ」

そういう揚げ足取りが気にくわないのか、青次は忽ちふくれっ面になった。

「だいたい、おいらに職人になれって勧めたのは旦那じゃねえか。今更、冗談だったって言う気かよ」

「冗談のわけねえだろ。おめえさえ本気なら、明日にでもいい師匠を見つけてきてやるよ」

「そんな、急いで見つけてくれなくてもいいよ」

「急いで見つけねえと、おめえの気が変わっちまうかもしれねえだろ」

「変わらねえよ」

と言った青次の、拗《す》ねた子供のような顔を、いまでも重蔵ははっきりと覚えている。

そんな青次のために、それこそ江戸中を尋ね歩き、とうとう吉次という錺職人を見出した。気難《きむずか》しい職人気質《かたぎ》の吉次と、小生意気なガキでしかない青次が上手《うま》くやっていけるか、正直案じられぬこともなかったが、重蔵は青次の本気に賭けた。

そして、重蔵が思った以上に、青次は本気だった。

「旦那が浮かねえ顔してるのは、拐《かどわ》かし一味のせいですかい」

「え？」

唐突な青次の言葉で、重蔵は漸く我に返った。

「拐かしの一味、まだ捕まってねえんでしょう」

「………」

我に返るとともに、重蔵は少なからず驚いていた。

「おめえ、なんで、拐かし一味のことを知ってるんだ？」

「なんでって、歳《とし》の市のとき、旦那が自分で言ってたじゃねえですか。おいらは、娘の髪に挿した簪を見てただけなのに、『そんな目つきで若い娘をジロジロ見てると、拐かし一味に間違われるぜ』って」

「そうだったかな」

「なんだよ、それ。……だったら、もういいよ」

あまりに気のない重蔵の態度に業《ごう》を煮やしたか、青次はさすがに不機嫌になる。

「ほんの数日前も、知り合いの娘さんが行方不明になっちまって……拐かされたんじゃねえか、って、おいらは言ったんですけどね。家出かもしれねえし、それに、貧乏人の娘が拐かされたなんて言っても、どうせ相手にしてもらえねえだろうって……」

「なんだと？」

「それは本当か？」

　重蔵もこれには顔色を変えた。

「え？」

　厳しい顔で重蔵に詰め寄られ、今度は青次が戸惑う番だ。

「何処の、なんて娘だ？」

「…………」

「その、行方不明の娘だよ」

「ああ、同じ町内の八兵衛店《はちべえだな》の、お美津《みつ》って娘だよ。年は十七。しじみやあさりの棒《ぼ》手振《てふ》りをしてる茂三《しげぞう》とおりきって夫婦の子で、近所でも評判の器量好しでね」

「行方不明になったのは何日前だ？」

「え？……あ、二、三日前だったかなぁ」

「青次、おめえ、いま暇か？」

「暇かと言われりゃ、別に暇ではねえですが……仕事だってあるんですから」

「いいから、連れて行け」

「え？　ど、何処へ？」

「決まってんだろ、その茂三とおりきの家だよ」

「え、じゃあ……」

「二、三日前なら、まだどっかに手懸《てが》かりが残ってるかもしれねえからな。とにかく、詳しい話を聞かせてもらわねえと——」

「そういうことでしたら、ええ、喜んでご案内いたしますよ、旦那」

青次は忽ち笑顔になり、先に立って歩き出す。若者らしい、軽やかな足どりだ。

「仕事はいいのか？」

「よくはねえですよ」

「悪いな」

「いいえ、おいらも、お美津っちゃんのことが心配ですし……」

「惚れてんのか？」

「そんなんじゃねえですよ」

「どうだかな」

「お美津っちゃんは十も年下ですよ。そんな気になるわきゃねえでしょ」

「年は関係ねえんじゃねえか。それに、年増よりは若いほうが好きだろう？」

「どうですかねえ。色っぽい年増も嫌いじゃねえですよ」

「なんだ、見境なしか」

青次と軽口をきき合いながらも、重蔵の心は暗く、足どりも重かった。

若い娘が二、三日家に戻らず、行方知れずになった場合、九分九厘《くぶくりん》身代金目的の拐かしではない。

故に、無事に戻ってくる可能性は限りなく低い。もし無事に戻れたとしても、その身に何事もなかったわけがなく、彼女たちが心と体に負ったであろう深い傷を思うと、暗澹《あんたん》たる気分に陥らざるを得ないのだった。

二

両国浜町《りょうごくはまちょう》の裏店《うらだな》に住むお美津という娘が、勤め先である広小路の蕎麦屋《そばや》からの帰りに消息を絶ってから、既に三日が経っていた。

「なんだって、すぐに番屋へ届け出なかったんだ？」

重蔵が、ややきつい口調で問いかけると、

「だって、うちは見てのとおりの貧乏所帯ですよ。こんな貧乏人の娘が拐かされたなんて、誰が信じてくれるんですよ」

父親の茂三は泣きそうな顔で言い返してきた。泣きそうな顔ながらも、かなり強い口調だ。気安く長屋に足を運ぶような侍が、まさか与力ほど身分の高い者とは夢にも思わないのかもしれない。

「どうせ、家出か駆け落ちだろう、って言われるに決まってます」

「お美津には、なにか家出する理由があったのか？」

重蔵は仕方なく違う問いを発した。

「そんなこと、わかりませんよ！」

「いいえ、ありません！」

茂三とおりきの答えが、そのとき見事に重なった。だが、

「あの子が家出する理由なんて、あるわけないじゃありませんか！」

おりきのかん高い泣き声は、容易に茂三の声を凌駕《りょうが》する。

「家出なんて、しませんよ」

「恋仲の男はいなかったのかい？」

「いませんよ！　お美津はそんなふしだらな娘じゃありません！」

「だが、このあたりじゃ評判の器量好しだったのだろう。言い寄る男はいたかもしれねえ」

「………」

重三の言葉に、ふと思い当たるふしがあったのか、おりきの中から激した感情が薄れ、なにかを思い出そうとする顔つきになった。

「そういえば……」

「なんだ?……まさか、お美津には本当に男がいたのか?」

おりきの様子を見て、茂三が俄《にわか》に顔色を変える。

「そんなこと、あるもんかい。あんた、自分の娘が信じられないのかいッ」

おりきはおりきで、むきになって声を荒げる。

若い頃から、亭主と一緒に棒手振りの商売をしてきて、ときには自ら天秤棒《てんびんぼう》を担ぐこともある骨太な女だ。夫婦の言い合いでは、どちらかといえば茂三のほうが押され気味である。

「じゃあなんで、おめえ……」

「一方的に、言い寄ってる男はいたかもしれないんだよ」

とややぞんざいに亭主に言い聞かせてから、

「店の客で、一人しつこいのがいる、って言ってたんですよ、あの子」

重蔵に向き直って、おりきは言った。

「店の客か」

「ええ、店の客です。だから、なかなか断りにくいんだって言ってました」

「なるほどな」

重蔵は肯きつつ、思案した。

(看板娘に、言い寄る男、か)

もしこれが、昨年から続いている拐かし一味の仕業《しわざ》とすれば、漸く手がかりらしきものが摑めるのではないか。


八兵衛店を出た重蔵は、その足でお美津の奉公先である広小路の蕎麦屋《長寿屋《ちょうじゅや》》へ行き、店主・長吉《ちょうきち》に話を聞いた。

「お美津っちゃんに手伝ってもらうようになって、かれこれ半年ほどになるんですが、そりゃもう、客足は格段に増えましたよ。みんなお美津っちゃんめあてのお客です」

長吉はそう言って深く溜息をついた。

年は三十がらみ。色白で、役者のような顔立ちをしている。蕎麦屋に来るのは男の客ばかりではない。女の客は厨房を覗き込み、湯気のたちのぼる大釜の前にいる彼を見て胸をときめかせていたかもしれない。その年で自分の店が出せたというのも、女がらみではないのかと勘繰ってしまいそうな色男だ。

　色男がちょっとでも表情を曇らせれば、女たちは黙っていまい。

「それが、こんなことになっちまって……茂三さんたちには申し訳なくてって、あわせる顔がありません」

「お美津は元々昼時だけ手伝いに来ていたんだろう？」

「ええ。それが、だんだんお客が入るようになって……昼時を過ぎても、お客がひきも切らなくなったもんで、つい、長々と働かせることになっちまいまして……」

「そうは言っても、蕎麦が終われば竈《かまど》の火を落とさなきゃならねえ。それだけ流行《はや》ってる店だ。朝うった蕎麦が、夕刻までもつってこたあねえだろう。昼でなくなる筈だな」

「はい、申《さる》の刻前には、一旦火を落としまして、夜の分の仕込みをいたします」

「お美津は、その時刻には帰るのだろう？」

「ええ。夜は客足も減りますし、酒を飲みに来るお客が殆どなので、店のほうも、わたし一人で充分なんです」

「だったらお美津は、毎日、日が暮れる前には家に帰っていた筈だな」

「はい」

「この店から、浜町の八兵衛店まで、ゆっくり歩いても、四半刻《しはんとき》とはかからねえ。どっかに寄り道でもしねえ限りは、明るいうちに家に帰れるんだ」

「お美津っちゃんは、寄り道なんかしない筈です。わたしの知る限り、恋仲の男なんていませんでしたよ」

重蔵の言いたいことがわかると、長吉は直《ただ》ちに早口で答える。

「しつこくお美津に言い寄る客がいたそうだが？」

「…………」

長吉はハッと目を見開き、重蔵を見返した。どうやら、思い当たることがあるらしい。

「どんな男だ？」

「どんなと言われましても……」

長吉は忽ち困惑する。色男の困惑は、どこかなまめかしい。当人にそんな意識はなく、ただただ大真面目なだけに、相対しているだけで息苦しくなってくる。

「年の頃は？　顔つきは？」

だから重蔵は矢継ぎ早に問うた。

さっさと終えて、早く次へ行きたい、というのが本音だ。

「三十前の若い男でしたよ。常連さんじゃねえんで、よく覚えてねえんですが……」

「そいつは、いつから店に来るようになった？」

「たぶん、今年に入ってからですね」

「そいつは、店に来るなり、お美津に言い寄ったのか？」

「さあ……わたしは厨房におりましたので、そいつがはじめて店に来たときのことは存じませんのですが……気がついたときには、あからさまに言い寄っておりました」

懸命に記憶を辿りながら答えつつ、なお長吉は懸命に記憶を辿り続ける。

「人相は……そうですね、女好きがするっていうんですかね、痩せて、ちょっといい男でしたよ」

「なるほど、男前か」

納得顔に肯《うなず》いてから、思わず、

「おめえより、男前かい？」

と訊き返したくなる欲求に、重蔵は辛うじて堪えた。

(評判の看板娘、言い寄る男、男前……)

ゆっくりと――至極ゆっくりとだが、さまざまなことが繋がりはじめている気がした。

蕎麦屋の長吉から話を聞いたあと、重蔵は永代橋《えいたいばし》を渡り、深川方面に足を向けた。特に行くあてがあってのことではなく、漠然と足を向けたにすぎないのだが、

（一応、喜平次の耳にも入れておくか）

ふと思いつき、お京の家に向かうことにした。

だが、そう決めた途端、無意識に足が重くなった気がしたのは、我ながら、情けない。この期《ご》に及んでもまだ、一緒にいる二人を見たくないと思ってしまうのか。

（そんなに惚れてたのかなぁ）

自分でも、不思議に思う。

亡きひとに似ていたから惹《ひ》かれたのだとばかり思っていたが、それはお悠に対する罪悪感から、そう思い込もうとしていただけで、実は違うのだろうか。確かに、ただ「似ていた」という理由だけで惹かれたのだとしたら罰《ばち》が当たりそうなほど、お京は好い女だった。

現に、全然似ていないと思えることもあった。

（いや、そんな筈はない）

だが重蔵は、そんな自分を、自ら強く否定する。

（誰かが言ってた。独りが長すぎるからだ。結局、俺も、生身の男ってことだ）

正直なところ、お悠が、というより、女そのものが恋しくて仕方ない夜もあった。

若い頃には、吉原の格子《こうし》女郎を抱いたこともあった。だが、ただ欲望を満たすためだけに女を抱くことの虚《むな》しさには、すぐに倦《あ》いた。

いまは、お悠を身近に感じるだけで充分幸福で、孤独を感じることなどない。少なくとも、重蔵はそう信じている。

だから、喜平次とお京が暮らす家に行くことを苦痛に感じているとしたら、それは矢張り、お京がお悠に似ているからなのだと重蔵は思った。思いたかった。

喜平次は、一見強面の悪党だが、決して根っからの悪ではなく、寧ろ心根の直《す》ぐな男だということを、重蔵はちゃんと知っている。だからこそ、密偵として使っているのだ。

それでも、お悠に似た女が、他の男と睦まじくしているさまを見るのは心地よいわけがない。

（まあ、そのうち慣れるだろう）

諦めて、そして時を重ねるしかないのだろう。

人の気持ちは、時の流れによってしか癒されることはない。

「旦那、いらっしゃい」

そのとき玄関先で重蔵を出迎えたお京は、一瞬間溢《あふ》れるような笑顔を見せた。重蔵が一目惚れしたときと同じ、大輪の牡丹のような笑顔だった。

だが、すぐに萎《しお》れて、

「喜平次はいませんよ」

忽ち冴えない顔色になったことに、重蔵は内心驚いた。

「そ、そうか」

「ええ」

「ま、まあ、そうだろうな。……真っ昼間から女の家でごろごろしてるようなら、それこそヒモだ」

半ば冗談のつもりで言ったのだが、お京の表情は少しも弛まない。

いつもの彼女なら、

「まったくですよ」

と同意しながら明るく笑い飛ばしてくれそうなものなのだが。

「どうした、お京？」

重蔵に問われても、お京はすぐには答えず、いまお茶を淹《い》れますだの、お年賀にもらった芋羊羹《いもようかん》がすごく美味《おい》しいんですよ、だのと虚《うつ》ろな顔つきで口走っている。

あきらかに、どうかしていた。

「お京ッ」

重蔵は、やや強い語調で名を呼んだ。お京の目はなお虚ろだ。

「どうしたんだ、お京？」

重蔵は更に語気を強める。

「…………」

お京は答えず、無言で重蔵を見つめ返した。その瞳をしばし覗き込むうちに、

「喜平次は何処に行きやがったんだ？」

重蔵は漸く、お京の心配事の正体を覚った。

「喜平次は……」

言いかけて、だがお京は口ごもった。躊躇《ためら》われたのだろう。芸者あがりのお京は、男女のことを他人の前で容易に口にせぬよう、厳しく躾《しつ》けられて育ったのだ。

だから、先日重蔵がこの家を訪れた翌日からもう五日も、喜平次がお京のもとに帰

ってきていないということを、重蔵に告げるまでに、なおしばしの時を要した。

「なんだと?」

重蔵は思わず声を荒げた。

「五日も帰ってきてねえだと?」

「ええ」

「どういうことだ?」

「どうもこうもありません。あたしに嫌気がさしたから、帰ってこないんですよ」

「……………」

勝ち気なお京がいまにも泣きそうな顔をしていることに少しく驚きながら、

「そんなに心配してるなら、なんでもっと早く俺に言わなかった?」

だが、さあらぬていで重蔵は問い返す。

(言えるわけ、ないじゃないか)

お京は内心悲しく叫んでいた。

重蔵と自分のあいだになんの疚《やま》しい気持ちもないのであれば、もっと早く言えたかもしれない。

だが、お京には、いまも重蔵に対する複雑な思いがある。喜平次のことが、好きで好きでたまらぬくせに、重蔵と会えば、あやしいほどに心が騒ぐ。すぐ隣に喜平次がいても、油断すれば忽ち重蔵を見つめてしまう。

そんな相手に、他の男のことで思い悩んでいるなどと、言えよう筈がないではないか。

「言いたくても、旦那は来てくれないし……あたしのほうから、八丁堀の旦那のとこへ行くわけにはいかないじゃないですか」

「だったら、目明かしの権八にでも伝言を頼めばいい」

「いやですよ。権八親分は、すぐ変なほうに気をまわすんですから」

(それに、喜平次が旦那の御用で、ヤバいことに首突っ込んでるんだとしたら、益々言えやしないじゃないか)

お京はお京なりに悩んだ挙げ句、遂に思い決して重蔵に告げたのだ。

「いえね、大の男が、たかが数日顔見せないからって、別に心配しちゃあいないんですよ。……だいたい、この前は三年も、顔見せなかったんですからね。ええ、誰が心配なんてするもんですか」

笑顔で平然と告げるつもりが、自分でも思いがけず声が震えてしまった。笑い飛ばそうとするのにそうは出来ず、出来ないことに自ら驚いた。口惜しくも思った。

「どうせ、女のとこにでもしけ込んでるんですよ」

懸命に奮い立たせて悪態をつこうとすればするほど、真逆《まぎゃく》の口調になってしまう。

「ただ、あいつ、旦那のご用を仰せつかってましたでしょう。そのご用に、差し障《さわ》りがあっちゃいけないと思いまして……」

「お京」

「あんなろくでなしを見込んで、ご用を言いつけてくださった旦那に、申し訳ないんですよ」

「いいんだ、お京」

お京の言葉を遮る重蔵の声音が、包み込むような優しみを帯びる。

「すまなかったな」

言いながら、じっとお京の目に見入った。

言葉ではなく、本当に訴えたいのは心であった。

「喜平次が使える奴なんで、ついつい、無茶な頼み事ばかりしちまうんだ。奴が危ねえ目に遭ってるとしたら、それはすべて俺のせいだ」

「そんな……あたしは別に、旦那を責めてなんかいませんよ」

「いや、責めてくれ、お京」

重蔵はなお優しくお京を遮る。こんなとき、女に無用の言葉を吐かせるべきではないということを、流石《さすが》は年の功で、重蔵は知っていた。

「おめえにこんなつらい思いをさせちまって、本当に申し訳ねえ。独り者ならともかく、女房のいる男にやらせるべきじゃなかった」

「女房なんて！」

お京は思わず声を荒げる。

「そんなんじゃありませんよ。あいつとあたしは、ただの腐れ縁なんですから！」

「だとしても、喜平次の身になにかあったら、おめえを泣かせることになる」

「泣きやしませんよ」

強い口調で言い返しながら、だがお京のその声音は、重蔵には泣き声にしか聞こえなかった。

「誰が、あんな男のために、泣くもんですか」

言い放つお京の顔に、しばし重蔵は無言で見入った。

（いい女だなぁ）

つくづくと感心してしまう。

心に決めたたった一人の女がいるというのに、不覚にも重蔵は見惚れてしまった。

「あたしはね、旦那、もしできることなら、あたしも旦那のお役に立ちたいと思ってるんですよ」

「え？」

女に見惚れてぼんやりしていた重蔵は唐突に不意を衝かれることになる。

「拐かしの一味を突き止めて、お縄にしたいのでしょう。あたしがあと十も若かったら、囮《おとり》になれたかもしれないじゃないですか」

「なるほど、囮か」

その考えに感心するとともに、お京の聡明さにも重蔵は感心した。

だが、聡明すぎる女は、残念ながら、女としては少々不幸だったりもする。

そのことを、重蔵はお京の身になって、少しく悲しんだ。兎角《とかく》世の中のことは、あまり見えすぎないほうが望ましい。見えたからといって、どうにもできない以上は——。

三

しばらく家の外に立ち、中から漏れ聞こえる三味線の音色に耳を澄ませた。

（まずいなぁ）

その音色は、もとよりいつものお京の手によるものではない。時折激しく、撥《ばち》を叩きつけるような音を出すのは苛立ちの故だろうか。

「心配なんか、してませんよ」

口ではなんと言おうと、お京の心中は察してなお余りある。

「心配するな。そのうちけろっとした顔で帰ってくるだろうよ」

懸命に笑顔を作って重蔵は言ったが、そんな白々しい言葉を、お京が信じるわけもない。

なにより、当の重蔵自身が、信じていないのだ。

(喜平次の身になにかあったことは間違いねえ)

さすがに、お京の前で不安なそぶり見せるわけにはいかなかったので、白々しいと承知の上で軽口をたたいたり、作り笑いを浮かべたりした。

だが、重蔵は内心で確信していた。即ち、最悪の事態が出来《しゅったい》したことを。

お京の許《もと》を訪れるまで、一瞬たりともそのことに思い至らなかった己の迂闊さにも、自らあきれた。

本来ならば、お美津の失踪は、喜平次の口から知らされても不思議のない事件だ。

それが、事件になんら関係のない青次の口から告げられたことを、もっと早く奇異に感じるべきだった。

(なにがあった、喜平次?)

重蔵は焦《あせ》った。

喜平次ほどの者がなんの連絡も寄越さず突然消息を絶つなど、よくよくのことである。

(さては一味に捕らわれたか、最悪消されたか……)

あまりに手がかりが少ないことに焦り、つい急《せ》かすような口をきいてしまったことを、重蔵は深く悔いた。喜平次には喜平次のやり方もあったろうに、重蔵に急かされたことで焦りを覚え、日頃はしないような無茶なことをしてしまったのかもしれない。

「旦那」

もう一度、お美津の家から広小路の長寿屋まで歩いてみようと永代橋を渡っているとき、目明かしの権八とその手先に出くわした。

「ああ、ちょうどよかった」

「ええ、ちょうどよかったです。吉村さまたちが旦那を捜してましてね。すぐ奉行所のほうへ戻っていただけますか」

「なに？」

お美津の件を話して聞き込みを手伝わせようとしたところへ、先手を打たれた。

「なんでも、お奉行様がお呼びのようですよ」

「お奉行が？」

問い返しながらも、重蔵の足は一旦止まり、体が自然と千代田のお城のほうを向く。そちらの方角に奉行所があるからにほかならない。

（一体何の用だ？）

矢部が、なんの用もなく自分を呼びつけるとは思えないが、すぐには思い当たることもない。

（しかし、こんなとき、もう一人密偵がいればなぁ）

お美津の件の聞き込みを権八らに命じ、自らは再び橋を渡って日本橋本面へ向かった。

喜平次のことは、さすがに権八には頼めない。密偵の存在を明かしてしまえば、密偵の意味がなくなるからだ。

もう一人密偵がいれば、喜平次の行方を捜させることもできようが、優秀な密偵が、そう簡単に見つかるわけもなかった。

（なんなら、火盗の密偵に頼むという手もあるが……）

それもあまり気が進まなかった。

密偵同士とはいえ、互いの正体を知っているというのはどういう気持ちなのだろう。

おそらく、どの密偵も、その前身は犯罪者だったのだろうから、以前属していた世界で顔見知りという可能性もあるだろうし。或いは元いた世界で敵同士だったりすることもあるだろう。

（この先密偵を増やすときには、そういうことにも留意しなきゃならんのだろうな）

こんなときだが、重蔵は大真面目だった。

（それにしても、こんなときに、彦五郎兄、一体何の用だ）

思考が落ち着かず、さまざまな思いが脳裡を過《よ》ぎるのは、苛立《いらだ》っている証拠である。

だがそのことに、重蔵自身、まるで気づいていなかった。

四

淡い火影《ほかげ》の奥で、二つの影が妖しく蠢《うごめ》いていた。

二つの影は、上下に重なり合い、ときに離れる。

一つの影は、死んだように動かない。

殆ど動かない影に、もう一つの影が覆い被《かぶ》さり、激しく動く。苛《さいな》むように、動く。獣《けもの》のような低い呻《うめ》き声は、絶えず火影を揺るがしている。

「うぅッ……」

やがて獣の唸《うな》りをあげ、激しく動いた上の影は、とどめを刺すようにひときわ大きく仰《の》け反《ぞ》ると、そこでピタリと動きを止めた。

しばし仰け反った男は、死んだように動かない女の体の上へ、やがてドサリと倒れ込んだ。大柄な男に乗られて、重くて苦しい筈なのに、それでも女は苦情すら漏らさない。

だが、死んではいない証拠に、その白い胸が時折呼吸で微《かす》かに動く。

「ふん」

ほどなく男は身を起こすと、仰臥したきり声もあげぬ女をそのまま床の上に残し、全裸のままで隣室への襖をあけた。

隣もまた、仄暗《ほのぐら》い燭火《しょくか》が一つ灯《とも》るだけの、同じような部屋である。部屋の中ほどには同じように床がのべられ、こちらの部屋と同様、女が一人仰臥していた。

「おい、そろそろ取り替えぬか」

「そうだな」

男の呼びかけに応じて、隣室にいた男がこちらの部屋に入ってくる。同じく、全裸で。

「どうだ、こっちの娘は？」

「悪くないぞ」

それぞれに相手を替え、もう一戦に及ぶものらしい。

「しかし、こやつら、本当に声もたてぬのう」

「うむ、素人というのは本当らしいな」

「大袈裟に声をあげる商売女には飽き飽きしたとはいうものの、ここまで静かすぎるのもさびしいものだのう」

「どれ、わしの自慢の一物《いちもつ》で、声をあげさせてやろうかい」

「はっはっはっ……どこが自慢の一物じゃ」

（けだものみてえな奴らじゃねえか）

一部始終を覗き見ていた喜平次は、吐き気を堪えるのに往生《おうじょう》した。

最前ここへ入ってきたときは、二人とも、立派な武士の姿をしていた。蓋し、大身の若様であろう。

しかし、上等の着物を脱ぎ、丸裸になって無抵抗な娘の上にのしかかったその姿と品性の下劣さは、どう見ても、褌一丁で働く寄せ場人足《にんそく》以下だ。

再びはじまった醜怪《しゅうかい》な見世物から、喜平次は目を逸らした。

新入りは当分見張りをしろと言いつけられ、仕方なくやっている。こういうところに足繁く通ってくる者の中には妙な性癖の者も多く、大事な商品（女）に傷でもつけられてはかなわないということらしいが、

「もし、そういう奴が現れたら、どうしますんで？」

一応喜平次が問うと、

「そりゃあ、おめえ、相手はお客様だ。乱暴な真似はするんじゃねえぜ。丁重にお帰りいただくんだ」

文吉らの仲間うちでは六兄貴《ろくあにき》と呼ばれている四十がらみで屈強そうなその男は言い、ニヤリと口許を歪めて笑った。口を開けると、忽ち欠けた前歯が覗き、元々凶悪そうな顔が、一層薄汚く見える。

どう見ても、生まれてこの方、善いことなど一つもしてきていない面構えだ。

「六兄貴は、けんかで人を刺して八丈送りになったけど、島抜けして江戸に舞い戻り、てめえをお縄にした目明かしをぶち殺したのが自慢なんですよ。今度捕まりゃあ、間

違いなく獄門ですね」

文吉はどこか楽しげな口調で喜平次に耳打ちした。

(どうやらここは、ろくでもねえ野郎どもの巣窟《そうくつ》だな)

文吉に連れられて一味のヤサへ足を踏み入れたときからの喜平次の予感は、どうやら現実になった。

(しかし、島帰りの言う「丁重に」ってのは、どういうことかな? 腕の一本もへし折っていいってことかな?)

大真面目に考えながら、喜平次は、床の間の壁に小さく穿《うが》たれた覗き穴から、部屋の中を見張っていた。

幸い、今夜の客たちは、「丁重に」もてなさずともよい相手のようだ。品性は下劣だが、大事な商品に傷をつける様子はない。

(地獄だな、ここは)

喜平次は内心深く溜息をつく。

街中で偶然出会った文吉について行ってみたら、なんと、いきなりの大当たりだ。

文吉が属していたのは、拐かした素人娘に客を取らせて金を儲けているという極悪一味だった。

妓楼《ぎろう》や廓《くるわ》の主人は、借金のカタに娘を取り上げるが、一応元手をかけているため、商売としては成り立っている。利息や年季を記した証文もある。

ところが、拐かしてきた娘には一文の元手もかかってはいないのだから、これを「商い」と言うのは相当無理があるだろう。盗んできた品物を店頭に並べて商売するようなものだ。

（たが屋の万吉の娘を拐かしたのも、こいつらかな？）

探し求める一味に出くわしたことを内心歓びながら、だが喜平次は、同時に自分が途轍《とてつ》もない危機に瀕《ひん》していることも承知していた。

「知ったからには、後戻りはできませんよ」

と文吉の言ったとおり、これほどの悪事の秘密を知ってしまった以上、喜平次は一味から離れることはできないだろう。

もし、一味に加担するのはいやだ、と言えば、喜平次はあっさり消されてしまうに違いなかった。

（まあ、もぐり込めただけで上々《じょうじょう》ってもんだ。文吉とは、いいときに再会した）

腹を決めれば、話は早い。

最初に文吉に連れて行かれた荒れ寺の隠れ家では、一味の幹部と思われる悪人顔の男が数人、車座で酒を飲んでいた。

「折角江戸に戻って来ても火盗に目をつけられてて、ろくな稼ぎもできません。お仲間に入れていただけるなら、なんでもします」

生憎頭《かしら》は不在ということで、その場にいた中では最も強い発言権を持つと思われる男――《六兄貴》と呼ばれる大柄な中年男に、喜平次は平身低頭した。

「いい面構えだ。役に立ちそうじゃねえか」

六兄貴は、ゲスい笑いで満面を染めながら言った。

「文の字、いい男連れて来たなぁ」

「へへ…そうでしょう、六兄貴。喜平次の兄貴は、すげえんですよ」

「ああ、しっかり働いてもらいてえもんだなぁ。……まあ、飲めや」

「あ、ありがたく頂戴します」

不意に差し出された盃《さかずき》を、喜平次は慌てていただいた。注《つ》がれたものを、ほぼ一口で飲み干し、六兄貴に返そうとすると、

「かけつけ三杯だろうが」

なお並々と注いできた。

もとより喜平次はそれを飲み干す。

「いい飲みっぷりじゃねえか」

「ここんとこ懐が寂しくて、殆ど飲んでなかったんですよ。…急に飲んだから、まわりが早ぇや」

「ははは…そうか、そうか、だったら、遠慮しねえで、どんどん飲みな」

「いただきます」

「おお、いいや、いいや、飲め、飲め」

六兄貴は、自ら相当酔っているようで、大柄な体をぶるぶると震わせながら、喜平次に酒を注いだ。

酔っているので、その酒は殆ど盃からこぼれ、喜平次の膝を濡らすばかりだったが。

(こんな頭の悪そうな奴が、頭かよ?)

着物の膝が不快に濡れることへの苦情は辛うじて間際で堪えた。

どうやら歓迎されているというのに、喜平次は全く嬉しくはなく、寧ろ寒気がした。

「どうです、兄貴?」

荒れ寺を出て二人きりになったとき、文吉が得意気に問うてきた。

「え?」

「六兄貴は、あのとおりのお人ですが、この商売を考えついたお頭は、相当賢いお人だと思いませんか？」

「ああ、そうだな」

喜平次は逆らわず、同意した。そうしなければ、次の問いを発することができないと判じたためだ。

「で、お頭って、どういうお人だい？」

「どうって……たぶん、兄貴が思ってるようなお人とは違ってますよ」

「俺が、どんなお人を想像してると思うんだよ？」

「生まれたまんまの悪党」

「え？」

「兄貴は案外、わかり易いから」

「…………」

ゾッとするほど鋭すぎる文吉の答えに、喜平次はあやうく言葉を失いかけたが、文吉自身はその鋭さに気づいているのか、いないのか。

「でも、違いますよ。うちのお頭は、どこから見ても、善人そのもの。……だから表の稼業も――」

「表の稼業？」

文吉がうっかり口を滑らせかけたのを、喜平次は聞き逃さない。

「いえ、その、表でどんな稼業してても、誰にも疑われねえだろう、って話ですよ」

文吉はすぐに取り繕ったが、もとより喜平次は納得しない。寧ろ、一味の頭は、善人面で表の稼業をもった者であると確信した。

だが、そう確信した本心はおくびにもださず、

「それより、かなりヤバそうな仕事らしいが、本当に、大丈夫なんだろうな？」

喜平次は文吉に念を押した。

「仲間入りした途端にお縄なんていやだぜ、俺は」

「大丈夫ですってば」

と楽しげに含み笑いながら、文吉が喜平次を案内したのは、千代田のお城もほど近いところにある、とある旗本屋敷だった。

晴れて一味に迎えられた喜平次には、早速仕事が与えられた。

「退屈な仕事ですが、最初だから仕方ねえですね。そのうち慣れたら、もっと面白ぇ仕事にまわしてもらえるよう、おいらが兄貴たちにかけ合いますから」

（別に、なんでもいいよ）

文吉の言葉は右から左へ聞き流した。

そんなことより、文吉に連れて行かれたその場所が問題だった。

(なんなんだ、この屋敷は?)

当然喜平次は戸惑った。

勿論裏口からだが、立派な門構えの旗本屋敷の中に、全く臆することなく文吉は入った。戸惑いつつも、喜平次はあとに続いた。既にそれが日常化しているのか、屋敷内で人に出会っても、見咎められることはなかった。表札が出ているわけではないのでなんという者の屋敷かは不明だが、ざっと見た限りでも、三百石は下らぬ家柄だろう。家人の数は、下働きの者まで含めれば、十数人といったところか。

「ショバ代欲しさに、離れを貸してるんですよ。どこのお武家も、立派なのは外面だけで、内情は火の車らしいですよ」

(なるほど、そういうことか)

文吉の言葉に、最早喜平次は驚かなかった。

旗本屋敷ならば、町方に踏み込まれるおそれはない。文吉の言うとおり、一味の頭《かしら》は相当頭の切れる男なのだろう。

離れに案内され、文吉から、ひととおりの説明を受けた。

ほどなく、二人の若い武士がやって来て、痴態がはじまった。

喜平次は我が目を疑った。いや、疑いたかった。門構えも立派な旗本屋敷の離れが、世にもおぞましい売春宿だなどと、果たして誰が信じるだろう。

(それにしても、あの娘たちはどうして死んだように動かねえんだ?)

薬かなにかで眠らせているのだとすれば、その状態のままで屋敷へ運び込むのだろうか。それこそ、意識のない人形のような女たちを長持《ながもち》にでも入れて出入りすれば人目にもつかず、騒がれる心配もないだろう。

だが、犯されても気づかないほど深く眠らせるためには相当強い薬を使用しなければならない。強い薬は、多量の毒性を含んでいるものだ。

「ああ、すぐにくたばる女もいますね。隠れ家が寺ってのはなにかと便利でしょう」

事もなげに文吉は言い、笑顔すら見せた。

元々得体の知れない不気味な奴だと思っていたが、どうやら喜平次の想像以上だったらしい。正直背筋が凍りつくかと錯覚した。

五

（さて、どうしたものかな）

喜平次は途方に暮れていた。

拐かし一味にもぐり込んでから、瞬《また》く間に十日あまりが過ぎた。一味の隠れ家に寝泊まりしながら、夜になると、秘密の売春宿へ出向き、客が無茶な真似をしないよう見張りをするという毎日だ。

一味が売春宿として使っている旗本屋敷は数軒あり、その日によって場所を変えている。

だが、肝心の、拐かされた娘たちが何処に閉じこめられているのかは、わからない。

娘たちは、喜平次が想像したとおり、長持に入れて運ばれているようだが、その長持は、朝になれば喜平次とは別のところへ帰ってゆく。長持を運ぶ者たちは不自然に見えぬよう、武家屋敷の中間《ちゅうげん》らしい扮装をしている。

できればその中間役になりたいが、やはり新入りには難しいようだった。

「女の世話役は、おいらたちの仕事じゃねえんですよ」

女たちのいるところへ行きたいと言う喜平次に、文吉は難色を示した。

言われてみれば、確かに、長持運びの中間たちは、隠れ家にいる六兄貴のようなヤクザ者たちとは、どこか違うにおいがした。

「なぁんだ、そうなのか」

喜平次があからさまに落胆してみせると、

「そりゃそうですよ。兄貴たちみてえなろくでなしを、女に近づけるわけないでしょう。大事な商売ものに手を出されちゃかなわねえ」

さも楽しそうに、文吉は笑った。

「おめえは女を誑し込む役なんだろ」

「羨《うらや》ましいですか？」

「まあな。俺のこの面じゃあ、到底無理な相談だからな」

「兄貴は男前ですよ」

強い語調で言ってから、

「おいらは、女に興味ねえから。だからお頭も、安心して、この役を任せてくれてるんですよ」

文吉はその薄い唇を僅かに歪めた。自嘲しているようにも見えた。

「相変わらず、女に興味ねえのか？」

「ええ」

躊躇《ためら》うことなく肯いた文吉に、喜平次はそれ以上言葉をかけなかった。男と生まれて、女に興味はないと言い切れるまでには、なにか余程のことがあった筈だが、それを聞いてやるほどの仏心は、喜平次にはなかった。

(こういうとき、旦那なら聞くんだろうな)

ふと思い、喜平次はいよいよ途方に暮れた。

折角突き止めた一味の情報も、重蔵に知らせることができなければなんの意味もない。いや、知らせることができなければ、喜平次はこのままずっと、鬼畜《きちく》のような拐かし一味の一員だ。

「兄貴、自分のヤサに帰らなくていいんですかい？」

一味に参入した当初、文吉から訊かれたが、

「ヤサなんて、ねえよ」

喜平次はあっさり首を振って見せた。

「でも……いえ、だったら昨日までは、何処にいたんです？」

「女の家だよ」

「じゃあ、女が心配してるんじゃないですか？」

「してねえよ」

「してるでしょう」

「別れたんだよ」

「え？」

「別れたその日に、おめえに会えて、本当によかったよ。そうじゃなきゃ、今夜の塒《ねぐら》をどうしようかって、途方に暮れてたんだ」

　悪びれもせず喜平次が言うと、何故か文吉は満面に笑みをほころばせた。

「そうだったんですか」

「ああ、おかげで助かったぜ。ありがとな」

「別に、礼を言われるほどのことは……」

　そのとき、文吉の両頰が、ほんのりと染まっていることに、勿論喜平次は気づいていた。気づいてはいたが、ただ不気味に思う以外、その真意にまでは思い至らなかった。

　そんなことより、

（どうやって、旦那にツナギをとるか？）

懸命に思案した。

とにかく、単独で外に出ることができない。

昼間は自由に外出できるが、そのときは、大抵文吉がついてくる。おそらく、信用しきれぬ新入りに対するお目付役だ。

仮に一人になれたとしても、そんなときは尾行がつけられていると思ったほうがいい。

当然お京の許へは帰れないし、重蔵にも近づけない。もし近づいているところを見られ、喜平次が町方の密偵だと知れれば、おそらく彼らは密かに逃げ去るだろう。あらゆる証拠を消し去って——。

(そうなりゃあ、娘たちが閉じこめられてるのが何処なのかもわからねえ)

それだけは、なんとしても避けねばならない。

(じゃあ、どうするよ？)

自問しながら、喜平次は単身市中を歩いていた。

何処に監視の目が光っているかわからないので、ところかまわず迂闊に立ち寄るわけにはいかない。それこそ、何時何処に顔見知りがいないとも限らないからだ。顔見知りと出くわして言葉を交わせば、喜平次に付けられた見張りは、その相手のことを調べるだろう。まだ会っていないが、この悪事を思いついた利巧《りこう》なお頭なら、きっとそうする。

故に、誰かと言葉を交わすところを見られたくはない。交わせば即ち、その相手に迷惑がかかるのだ。

だから、喜平次はなるべく、人の大勢集まる盛り場――広小路や縁日の境内などにいるようにした。人混みの中であれば、うっかり誰かに声をかけられても、人違いですませられる。

いや、すませなければならないのだ。

(あいつ……)

擦れ違う人の群れの中に、そいつの顔を見かけたときは複雑だった。

(あいつ、たしかいまは、錺職人やってるんだったな)

思うともなく、喜平次は思った。

「あれでなかなかいい腕してるんだぜ。元々手先は器用だったからな。……いや、器用すぎたかな」

と重蔵が嬉しそうに言っていたのが、喜平次は些か面白くなかった。

(そりゃ、器用なわけだぜ)

《拳》の青次という名は、掏摸のあいだではかなり知れ渡っていた。

いや、大袈裟な言い方をすれば、伝説化しているといってもよかった。

拳を握ったままで狙った相手の懐から財布を抜くことができる。勿論、握った手を開くところを見せぬほどの素早さ、という意味だ。握ったまま、一度も拳を開かねば、財布を摑むことはできない。

それ故、ついたあだ名が《拳》の青次。

《野ざらし》の九兵衛に拾われたのは、十になるかならぬかという年頃のころだった、と言う。喜平次が奉公先を飛び出し、浮浪児になったのとだいたい同じ年頃だ。

(九兵衛は鬼のような男だと聞いてたが、年端《としは》もいかねえガキを拾って育てるような仏心があったとはなぁ)

或いは、仏心と非情さというのは、物事の裏と表なのではなく、同じ一つのものなのかもしれない。

少なくとも、重蔵を見ていると、そんな気がしてくる。

とまれ、仏心を持った盗賊の頭に拾われたおかげで、青次は、一流の「掏摸」の技を身につけながらも、堅気に戻ることができた。羨ましいとは思わないが、もしかしたら、自分の身の上にも起こり得たかもしれない青次の僥倖《ぎょうこう》を、喜平次は眩しく感じた。そんなふうに感じてしまう自分が、悲しくもあった。

（《拳》の青次……その神業、一度でいいから拝ませてほしかったぜ）

苦笑とともに思ってから、喜平次はふと、あることに思いあたる。

（拳、か……）

たんなる思いつきだ。

しかし、試みる価値はあるかもしれない。縦《よ》しんば無駄に終わったとしても、その試みが露見する危険は少ない。

（とにかく、やってみるしかねえな）

人波の中にいる青次を見つけてから、彼が自分のすぐそばまで到る寸秒のあいだに、喜平次は決意した。

青次は喜平次の顔を知らない。だから、こちらがジロジロ見れば、奇異には思う。

喜平次は目を伏せ、すれ違うその瞬間まで、極力目を合わせないようにした。

目を合わさぬように顔を伏せ、軽く肩を突き出すようにして歩いた。破落戸や与太者どもが好む歩き方である。不自然なところはない。

そして、すれ違う瞬間——。

意識して、肩を軽く青次に当てた。実際には、痛くも痒《かゆ》くもない当て方だったが、大仰に目を見開いて青次を顧《かえり》みた。

「すまねえな」

顧みつつ、片手ながらも、喜平次は拝むような手つきをしてみせた。

「…………」

「急いでたんだ。悪く思わねえでくれよ」

「こ、こっちこそ、すまねえ、兄さん」

やや驚いた顔で、青次は答えた。答えたときには既に、喜平次はもうそこにおらず、人波の流れに乗って、二十歩あまりも先に進んでいた。

故に、青次が喜平次の姿をその目にとどめたのは、ほんの一瞬のことにすぎない。

第五章　許されざる者

一

喜平次が盗賊だということを、出会ったときからお京は知っていた。

いまから十数余年前。きりっとした美貌に男物の黒羽織がよく映えると評判の深川芸者「染吉《そめきち》」は、唄も踊りも当代一だと噂されていた。

身請《みう》けしたい、という旦那衆は一人二人ではなく、大店の主人から権門《けんもん》のご隠居まで、実に多岐に及んだ。

「女の盛りなんて、あっという間さ。早くいい男見つけて世話になるんだね」

お京が母とも慕う置屋の女将《おかみ》も、常々彼女に言い聞かせていた。

なのにお京は、身請けしたい、と言ってくれる旦那たちの誰にも、心を動かされなかった。

（恋の一つもしないで、男を選べっていうの？　そんなの、無理だわ）

お京とて、「源氏物語」くらいは読んでいる。女と生まれて、そんな絵物語の恋のひとつもしてみたいと願うのは当然だろう。

（そうは言っても、お客さん以外に、男と出会う機会もないしねぇ）

手近なところで、箱屋《はこや》を間夫《まぶ》にしている先輩芸者もいるが、お京は、それだけは絶対にいやだった。第一、常日頃身近にいる箱屋は身内のようなもので、到底そんな気にはなれない。

芸妓となって数年、羽振りのよい客たちとのあいだに数々の浮き名は流したが、どれも束の間花柳界の噂になる程度のもので、長続きはしなかった。

「少し、酔いをさましてきますね」

その夜お京は、客に勧められるままつい飲みすぎてしまった。そのままでは帰り道に往生しそうだと思い、しばし座敷から去ることを願い出た。

縁側の端に立ち、蹲踞《つくばい》の水で手拭いを濡らしてから、お京は庭へ降りた。手拭いで、火照《ほて》った頬と項《うなじ》のあたりをそっと押さえつつ、玉砂利を踏んで池の端に立つ。明るい月が、水面に真っ白く影を落としているのが美しい。

水面に映る月にうっとり見とれたお京の視界を、ふと、黒い影が過《よ》ぎった。

それは、飛ぶ鳥のように速く、風のような秘やかさでお京の前を通り過ぎた。

(なに？)

最初は目を疑ったが、それは間違いなく、眼前を過ぎって行く人影だった。

そのときになって、店の表のほうがなにやら騒がしいことに、お京は気づいた。

耳を欹《そばだ》てると、

「盗っ人だぁ〜ッ」

と口々に喚《わめ》く人の声がする。

(盗っ人？　こんな月の明るい晩に？)

高級料亭を訪れる客は大金を所持していることが多いので、盗っ人が狙いをつけるのも決して珍しいことではない。だが、お京のように座敷に呼ばれている芸妓はもとより、店の使用人たちも大勢いる中で、しかも闇夜でもないのに盗みに入るとは、なんと大胆な盗っ人であることか。

お京の前を駆け抜けたその盗っ人らしき人影は、黒手拭いで頬被《かぶ》りこそしていたものの、お京の視線に気づくと、片頬をひきつらせてニヤリと笑った。いや、影がお京の前を過ぎったのはほんの一瞬のことである。笑ったように見えたのは、お京の勝手な思い込み——或いは錯覚かもしれなかったが。

それから数日後の午《ひる》の刻《こく》前、お京は深川八幡の境内にいた。

近頃八幡さまの御神籤《おみくじ》がよく当たると聞いて、わざわざ引きに来た。だが、結果は満足できるものではなく、梅の枝に結びつけて帰ろうとしていると、

「貸してみな」

背後からそれを取り上げたものがある。

「え？」

「一番高い枝に結ぶと、願いがかなうんだろ？」

振り仰げば、そこに、とびきり強面の男の顔がある。人相が好いか悪いかで言えば明らかに悪いほうで、気の弱い者なら間違いなく怯《おび》えてしまう類《たぐい》の人相だ。

だが、お京は彼を怖いとは思わなかった。

夜毎《よごと》男たちの宴席に侍《はべ》っていると、外見からは想像もつかない男の本音や本質が見えてくるものだ。一見善良そうな顔をしていても、実際には他人への憎悪や害意に溢れた者がいくらもいる。

「別に、願い事なんてないわよ」

男の目を見て、お京は応えた。

強面ではあってもその目に悪心はなく、

「そうかい」

低く囁く声音には、匂うような色気があった。

「そりゃそうだな。男が皆夢中になる、深川一の芸妓・染吉姐さんに、これ以上願い事なんてあるわけねえよな」

「あんた……」

「いや、すまねえ。こちとら、料亭のお座敷にあがれるような身分でもなし、こんなことでもねえと、別嬪を、こんな近くから拝める機会はねえからな」

神籤を枝に結び終えると、男はさっさとお京のそばから離れた。チラッと笑顔を見せ、すぐに踵《きびす》を返して行く。

(あいつ——)

軽やかな足どりで人混みに紛れる後ろ姿を見送りながら、お京はそれが、先日の盗っ人であると確信した。

なんの確証もあるわけではなく、ただの勘にすぎなかったが、後日その勘が正しかったと、お京は知ることになる。

（深川一の芸妓をものにできるなんて、まさか夢にも思ってなかったなぁ）

ぼんやり思いながら、喜平次は永代橋を渡っていた。橋を渡って川沿いに左へ行けば、ほどなくお京の住む路地裏に至るが、喜平次は右へ、深川八幡のほうへと足を向けた。

それが、お京とはじめて言葉を交わした場所であることを、無論喜平次も忘れてはいない。

あの頃、金持ちの懐を狙って深川や日本橋界隈の名だたる料亭を訪れるたび、艶《あで》やかな染吉姐さんの姿を見かけた。或いはひと目惚れだったのかもしれない。

ある晩、風を食らって逃げるところを、その染吉姐さんに目撃された。

しかし染吉は、店の庭先で盗っ人の喜平次を見かけても、大声もださなければ、人も呼ばなかった。その暇がなかっただけなのかもしれないが、喜平次にとっては至福の瞬間だった。

八幡さまの境内で見かけたときはとうとう我慢できず、声をかけた。

ほんの数語言葉を交わし、お京の目が、昼間の喜平次をとらえた。ただそれだけで満足だった。

お京の面影を脳裡に描きつつ、格子《こうし》女郎でも抱ければ充分だったたし、実際喜平次はそのようにした。

だからその次の再会は、全くの偶然だった。

いや、少なくとも、喜平次は偶然だと思っていた。まさか、お京のほうから喜平次に近づいてくるなど、夢にも思っていなかったのだ。

次にお京と会ったのは、喜平次にとって表の稼ぎ場である、鉄火場《てっかば》だった。

「姐さん、いい女だね。一杯つきあわねえか」

髭面《ひげづら》の博徒《ばくと》にからまれている女をひと目見た瞬間、喜平次は我が目を疑った。

女の壺振りは珍しくないので、賭場に女がいても別におかしくはないのだが、深川一の名妓にはあまり相応《ふさわ》しからぬ場所である。

「残念だけど、連れがいるんだよ」

さすがは男あしらいに長《た》けた芸者だけに、無下《むげ》に振り払ったりはせず、やや媚《こび》を含んだ語調で言ってから、

「あんた、遅かったじゃないか」

やおら喜平次に近寄り、その腕に凭《よ》り掛かってきた。

「ちっ、男連れかよ」

髭面は聞こえよがしに舌打ちしたが、喜平次の顔は正視せず、そそくさとその場を離れた。怖れたのであろう。

「やっぱり、いたね」

喜平次に凭り掛かったままで、これ以上ないくらい艶《つや》っぽく、お京は微笑《ほほえ》んだ。

「睨んだとおりだよ」

「お、おめえ、なんだって、こんなところに……」

「この賭場の胴元の仙蔵《せんぞう》親分はあたしのお客様だもの」

「いや、そういうことじゃなくて……」

「あんたに会いたかったから」

「え？」

「こういう商売の男じゃないか、って睨んだとおりね。……その顔見れば、堅気じゃないことは一目瞭然だもの」

「おい」

「だって、不公平じゃない」

「なにが？」

「あんただけあたしの名を知ってて、あたしはあんたのこと、なんにも知らないなんて」

「…………」

そのとき、絶句した喜平次がどんな顔つきでいたのか、喜平次自身、よく覚えていない。

それからお京は、望みどおり、喜平次の名を知り、職業を知り――遂には、体じゅうの黒子《ほくろ》の数まで知ることになった。

（ったく、俺には勿体《もったい》ねえくらい、いい女だよ）

ほろ苦い思いを抱えながら、喜平次は、しばし深川八幡の参道を漫《そぞ》ろ歩いた。

団子やふかし芋《いも》などの出店が並び、縁日でなくても充分に賑わっている。何処かで見張る者があったとしても、小腹が空いたので屋台をひやかしに来たその行動に、なんの不自然なところもない。

（あいつ、気づいてくれたかな）

お京との甘い思い出から抜け出し、喜平次は青次を思った。広小路で彼と接触してから、未だ半刻とは経っていなかったが。

二

(え?)

青次の全身に、その瞬間極度の緊張が漲《みなぎ》った。

先方から放たれる命がけの気魄《きはく》が、そうさせたのだろう。青次の体はガチガチに強《こわ》張《ば》り、周囲の景色が、舞台で使う芝居の大道具のように止まって見える。

そのとき、男の右手が、思いがけぬ動きを見せたのを、青次の目は決して見逃さなかった。

(あれは確かに、なにかの合図だった)

拝む仕草の前に、その男の手は一旦握られ、親指、小指の順で立てられたが、それは、ほんの一瞬のことで、普通の者の目にはなんとも映らぬ程度の、不自然でない動きだった。おそらく、青次以外の者なら見逃した――いや、気にもとめなかったに違いない。

だが、青次の目は釘付けになった。

青次もかつては《野ざらし》の九兵衛一味という、江戸でも一、二を争う大きな盗賊団の一員だった。彼らのあいだには、仲間にだけ通じる「符牒《ふちょう》」というものがある。

それは、言葉であったり文字であったり、ときには手や指の動きだったりもする。

捕り方などに囲まれた際、味方にだけなにかを知らせようと思えば、手や指の動きによる符牒を用いるのが望ましい。

たとえば、指を一本ずつ立てて行くことで、見張りの人数や、捕り方が迫っていることなどを味方に伝える。緩急をつけて拳を握る。或いは、親指と人差し指、親指と小指など、同時に立てる指の種類によっても、さまざまな意味を伝えることができる。

青次自身は押し込みに参加したことはないが、いざというときのために、一応ひととおりの符牒は覚えていた。

但し、符牒は仲間うちだけに通用するもので、当然一味ごとに違っており、共通性などはないため（そんなものがあってはそもそも符牒を用いる意味がない）、青次は青次の属していた一味の符牒しか知らない。

（だが、あの男は、確かに、俺になにかを伝えようとした）

実のところ、青次はその男の顔を見知っていた。

これまで何度か賭場で見かけたことがあったし、一、二度重蔵と一緒にいるところを見たこともある。あの強面から察するに、到底堅気とは思えない。賭場での地味な勝ちっぷりは実に玄人《くろうと》っぽく、本職の博徒なのかとも思われた。

しかし、何処の誰なのか、名は知らないし、相手が自分のことを名前から過去まで熟知していようことなど、夢にも知らない。

(一体、なんだったんだ?)

ほんの一瞬だけ合わされた瞳に、祈るような気色が漲っていたことも、青次は見逃していなかった。

明らかに、青次になにかを託してきたのだ。だが、それは一体なんなのだろう。

(待てよ。……問題は、あの男がどうして俺を選んだかってことだよな)

誰彼かまわず、指の合図を見せたところで、わかってもらえるわけがない。あの男は、相手が青次だからこそ、合図を送ってきた。青次なら、指の合図が意味することを瞬時に理解できると思ったからだろう。

ということは、あの男は間違いなく、青次がどんな人間であるかを、ある程度知っている。そして、共通の知人もいる。となれば、矢張りその知人の耳に入れるのが、いまは最善の方法だろう。

(とにかく、旦那とあいつが知り合いなのは間違いねえんだからな)

彼が見せた合図の意味はわからないが、あとは重蔵が判断することだ。

半日悩んで、青次は漸く腹を決めた。

翌朝、早起きして八丁堀の重蔵の屋敷を訪れた。

が、いざとなると敷居が高く、なかなか門をくぐって中に入ることができない。

（この時刻なら、まだ奉行所へは行ってねえと思うけど……）

しばし屋敷の前で逡巡していると、

「なんだ、青次——」

早朝とも思えぬほど難しい顔つきの重蔵が姿を現し、青次を見ると、更に厳しい顔つきになった。《仏》の重蔵と雖《いえど》も、虫の居所が悪いときはある。それはわかるが、折角腹を決めてやって来たというのに、こうも歓迎されぬものか。青次にしてみれば、いきなり出鼻をくじかれた気分だ。

「用があるなら、さっさと入ったらいいだろう」

「いえ、その……」

青次は口ごもり、少しく後退《あとじさ》った。

日頃恵比寿顔で愛想がいいとはいっても、相手は矢張り二本差しの侍——青次とは身分の違う人なのだ。

「用ってほどのことでもねえんで……」

すっかり気後れし、立ち去ろうとすると青次を、

「用がなくて、こんな朝っぱらから来るわけがねえだろ」

だが重蔵は慌てて引き留めた。

重蔵は重蔵の事情で、つい難しい顔を見せてしまったが、この時刻から、青次がわざわざ自分を訪れた、ということの意味に、すぐに思い当たったのだろう。

「折角来てくれたんだ。飯でも食いながら、聞こうじゃねえか」

表情を和らげ、いつもの仏の顔に戻って、重蔵は青次を招き入れた。


「喜平次が?」

「強面のヤクザ者」と青次が言った途端、重蔵は忽ち顔色を変えた。

「喜平次が、どうした?……いや、だいたい、なんでおめえが喜平次を知ってるんだ?」

「知りませんよ。ただ、旦那と一緒にいるところを見たことがあったから……」

困惑顔に言い返しながら、青次は、重蔵が柄にもなく狼狽《うろた》えていることを知って驚いた。だが、

「そうか」

青次から、ことの次第を聞き終わったときの重蔵の反応は、想像していたよりずっと薄かった。

(なんだよ。折角知らせに来てやったってのによ)

青次の不満顔は容易く伝わったのだろう。

「喜平次の手の動きが意味するものはわからないのだろう?」

「ええ、残念ですが……」

痛いところをつかれて、青次は口ごもるしかなかった。

強面のヤクザ者——喜平次が、一体重蔵になにを告げたかったか、肝心のことは何一つわからないのだ。わからないのに、なんのために——一体なにを知らせるために、青次はわざわざ重蔵のところへ来たのか。

(だいたい、喜平次って奴ぁ、用があるなら、てめえで旦那に言いに来たらいいんじゃねえか)

そのことに思い当たってから、だが青次は、

(あ、てめえで来られねえのか)

漸く覚った。

そうでなければ、青次のような、ろくに面識もなく、口をきいたこともない者に、

そもそもなにかを託するわけがなかった。

「喜平次には、いまは俺ンところへ来られねえ事情があるんだろう」

青次の推測を、重蔵があっさり言葉にした。

「それで、藁《わら》にもすがる思いで、顔を見たことのあるおめえに、伝言を頼んだんだろうな」

「伝言て言われても……あれじゃあ、なんにもわかりませんよ」

「その、喜平次がおめえに見せたっていう指の動きだが、おめえの知ってる符牒なら、なんて意味になるんだ？」

「え？」

「なにか意味のある符牒だから、おめえも気にとめてくれたんだろう？」

「そ、そりゃあ、まあ……」

「だから、おめえの知ってる符牒だと、どういう意味になるんだ？」

「《犬》がいる」

「犬？」

「ええ」

「犬ってのはつまり、役人の手先になってる密偵のことか？」

「ええ、そうです」

一旦答えてから、だが青次が、

「けどそれは、あくまで俺たちの仲間うちでだけ使われてた符牒ですよ。それを、喜平次の兄貴が知ってるとは思えませんや。知ってたら、符牒の意味がなくなっちまうんですからね」

懸命に言い足すと、

「そのとおりだ」

ニコリともせずに、重蔵は肯いた。

「え？」

「だが喜平次は、或いは、九兵衛一味の符牒を知っていたのかもしれねぇ」

「な、なんで知ってるんですよ？」

「喜平次は、《旋毛》《つむじ》の、と異名をとった一人働きの盗賊だ。一人働きの盗っ人というのは、誘われれば大きな盗賊一味の手伝いもするそうだから、もしかしたら、九兵衛親分に雇われたこともあったんじゃねぇのかな」

「…………」

青次は黙って重蔵を見返した。

喜平次は、確かに青次より三つ四つ——或いは五つ六つも年上だろうが、十歳以上も上とは思えない。

喜平次が、いくつのときから一人働きの盗っ人をしているか知らないが、まさか、物心ついてすぐということはないだろう。

青次は、十になるかならぬかという年頃に二親を喪い、引き取られた親戚の家を飛び出して浮浪児となったところを、九兵衛親分に拾われた。つまり、十年以上も、一味にいたのだ。

九兵衛は非情な男で、平然と人の命を奪ってきたかもしれないが、仲間だけは大事にしていた。それ故、青次のような子供でも、一味の中でなんとか居場所を得、養ってもらえたのだ。仲間を、常々家族のようなものだと言っていた。だから、決して裏切ってはならないのだ、とも。

そんな九兵衛が、全くの他所者《よそもの》を仲間に雇い入れるなど、到底考えられない。

それ故青次は沈黙した。獄門首になった九兵衛のことを、いまさら重蔵に語る気はない。語ったところで、誰も歓びはしないのだ。

三

「順三郎を解き放て」

　矢部の言葉を聞いたとき、重蔵は耳を疑った。

「え？」

「なんだ、聞こえなかったのか。由井順三郎を解き放て、と言ったのだ」

「…………」

　老中あたりから強い圧力がかけられているであろうことは容易く想像がついたが、そんなものに易々と屈する矢部ではないと信じてもいた。だから即ち、落胆した。

「順三郎は辻斬りの下手人でございます」

「だが、己の罪を一向に白状せぬのであろう？」

「…………」

「何れにせよ、部屋住みとはいえ、順三郎は歴とした旗本の子弟だ。町方で裁くことはできぬ」

「だからといって、目付に引き渡すなど……」

「たわけ、誰が目付に引き渡すと言った？」

重蔵の言葉を、軽い叱責で矢部は遮った。

「は？」

「わしは、解き放て、と言ったのだ」

解き放てば、目付が引き取ることは目に見えているではないか、と喉元《のどもと》まで出かかる言葉を間際で堪えると、

「目付はあのような者を捕らえはせぬ。目付もそれほど暇ではないわ」

事も無げに矢部は言う。

「で、では何故に順三郎を解き放つのでございますか？」

「決まっていよう、泳がせるのだ」

「泳がせる？」

「順三郎はなにも吐かぬし、手懸かりは摑めず、調べもろくに進まぬのであろう」

「…………」

「解き放たれた順三郎は、どうすると思う？　前非を悔いて、行い済《す》ますとでも思うか？」

「はい。さすがに、しばらくはおとなしくしておるかと思われますが」

「ああいう輩《やから》はな、懲《こ》りるということを知らぬものだ」

「では、再び辻斬りを働くと？」

「いや、辻斬りはさすがに控えよう。それより、辻斬りをしてまで金を手に入れようとしたのはなんのためだと思う？」

「それは、お奉行さまが仰せられたとおりとすれば、遊ぶため……あ！」

重蔵は漸く、矢部の言わんとすることを理解した。

「解き放されれば、順三郎は馴染みの女の許へ――」

「六日も捕らわれていたのだ。行きたくて行きたくてたまらぬ筈だ。三日と我慢できまい」

やや昂ぶりがちな重蔵の言葉に、矢部は至極冷静に言葉を重ねる。

「順三郎が何処へ通っていたかを突き止めれば、そこへ通うための金をどうやって工面していたかも自ずと知れよう」

矢部の言葉は、鋭く重蔵を貫いた。本来ならば、そういう思案は重蔵こそが為すべきものだ。それを、矢部に言われるまで思いつかぬとは、我ながら情けない。

（俺ぁ、どうしちまったんだ）

自ら深く恥じ入ったとき、

「但し、問題は順三郎めの通っている場所だ」

例によって顔色を変えずに矢部が言った。

「吉原ではないそうだな」

「はい、吉原では、奴が馴染みとなっている遊郭は見つけられませんでした」

「吉原以外で、大金を要する見世があると思うか？」

「…………」

「あるとすれば、それはもとより、まともなところではあるまい。幕府が認める『本場所』でないのは勿論、密かに商いする『岡場所』ですらないかもしれぬ。安手の隠売女をかかえた岡場所であれば、大金は必要とせぬからな」

「では、どのような場所だとお奉行は思われます？」

遂に堪《こら》えきれず、重蔵は問うたが、

「わからぬ」

あっさり突き放された。

「わからぬが、しかし、途轍《とてつ》もない悪のにおいがする」

「え？」

「由井の小倅などとは比べものにならぬ、凄まじい悪のにおいが、な」

冗談か本気かわからぬような言葉を口にしているというのに、矢部は終始真顔であった。その真剣な面持ちに、重蔵はいよいよ追いつめられた気分に陥った。

とまれ、由井順三郎がお解き放ちになり、片時も目を離さぬよう、権八らに命じたのが昨日のことだ。

さすがに、解き放たれたその日は真っ直ぐ屋敷に戻り、他行《たぎょう》することはなかったようだ。そろそろ様子を見に行こうとしていたところへ、青次が来た。

何事かと思えば、喜平次から、なにか伝言されたらしい、と言う。

(喜平次の野郎、なんだって青次を巻き込みやがる——)

最初は驚き、同時に腹立たしく思った。

だが、それから徐々に、喜平次の置かれている状況を慮《おもんぱか》った。無事でいながら、お京の許に帰らないどころか、重蔵への報告も全くない。となれば、自分の意志で帰らないのではなく、帰れない事情があるのだろう。

挙げ句の果て、こともあろうに、一度も口をきいたことのない青次に、なにかを託した。それも、言葉にせず、青次にしかわからぬであろうやり方で——。

そんな手段しかとれぬということはつまり、余程厳しく監視されているということだ。

「拐かしの一味は用心深いんですよ」

という喜平次の言葉を思い出すとともに、

（喜平次は、拐かしの一味に潜入したんだな）

重蔵は確信した。

潜入し、ある程度の情報を入手したが、それを重蔵に伝える術《すべ》がない。藁にもすがる思いで、まちで偶々《たまたま》見かけた青次が盗賊一味にいたことを思い出し、その仲間うちの符牒で、重蔵に知らせてくれるよう仕向けた。

その符牒の意味はわからない、と青次は言うが、或いはそれこそが、喜平次の狙いだったのかもしれない。

意味のわからないものを見せられれば、人はそれが気になって仕方ない。なまじ馴染みのある手の符牒であれば尚更だ。

気になって仕方のないことなら、屹度《きっと》誰かに尋ねてみたくなる。青次の身の周りに、尋ねられる相手がいるとすれば、それは重蔵をおいてほかにないだろう。

そこまで計算した上で、喜平次は青次を選んだのだ。

（おめえはやっぱりすげえ奴だよ）

喜平次に対して、内心惜しみない称賛を送ってから、重蔵はふと青次を見た。

誰を信じたらいいのかわからない、といった顔つきの青次が、そこにいた。これまで重蔵は、青次に対して、世間並みの《仏》の顔しか見せてはいなかった。思いやり深く、誰に対しても優しい《仏》の重蔵が、悪人を捕らえるために、盗賊あがりの者を密偵《いぬ》として使う。青次には、些か衝撃が大きすぎたのかもしれない。

「ありがとな、青次」

重蔵は注意深く礼を言い、

「また、なにかあったら頼むぜ」

あとを引くような言い方をした。そんな気はさらさらなかったが、或いはこの先青次を引き込んでしまう日がこないとも限らない。

できればそれだけは避けたい。

避けたいが、しかし、彼もまた、自分にとっては重要な手駒の一つなのだということに、今更ながら、重蔵は気づいてしまった。気づいた以上は、遠からず、使ってしまうかもしれない。

解き放たれて三日目。

その戌《いぬ》の刻《こく》過ぎ、遂に由井順三郎は屋敷を出た。

たまたま張り番に立ち合っていた重蔵は当然自らそのあとを追った。

だが、予想に反して、順三郎の足は盛り場には向かない。

驚いたことに、四半刻《しはんとき》ばかり、武家屋敷の建ち並ぶあたりを歩いた挙げ句、順三郎は、溜池《ためいけ》近くの、旗本屋敷と思われる家に入っていった。それも、裏口から。

もとより、それが何方《いずかた》のお屋敷なのか、すぐにはわからない。わからないがしかし、門構えとその広さから、どの程度の石高の家かは想像できる。順三郎が入って行ったのは、少なくとも五百石以上のお屋敷であろうと思われた。

(旗本屋敷か)

「途轍もない悪のにおいがする」

という矢部の言葉を、重蔵は思い出していた。

調べさせればわかることだが、その屋敷の内情はおそらく火の車だ。その証拠に、表に一人の門番も置いていなかった。貧窮した旗本が、小遣い稼ぎのためになにをするかは想像に難くない。

だが、想像できたとしても、屋敷内へ踏み込むことは難しい。町方には、武家屋敷へ踏み込む権限はないのだ。

かつて火盗の職にあった頃の矢部は、旗本屋敷内でおこなわれている賭博《とばく》行為を暴き、関わった者たちを容赦なく処断した。そのために多くの敵を産むことになったが、同時にそれが出世の足がかりともなった。

（なんとかして、中に入れねえもんかな）

しばらく裏口の前で見張っていると、上等そうな黒綸子《くろりんず》の羽織を纏《まと》った若い武士がやって来て、順三郎と同様に裏口から屋敷の中へ入ってゆく。更に半刻ほどすると、また一人……。

（こりゃあ、賭場じゃあねえな）

武士たちが賭場の客だとすれば、ちょっと数が少なすぎる。これではたいした寺銭《てらせん》も入らないだろうから、屋敷の主人も、屋敷を博徒に貸すなどという危ない橋を渡りはしないだろう。

（じゃあ、中で一体なにやってんだ）

「入るとき、なにか割り符みてえなものを中の奴に見せてますぜ」

と重蔵に教えたのは、昨日からずっと順三郎を見張っていた権八である。

「割り符？」

「こんくらいの、掌に入るくらいの大きさで、木の札みてえでしたよ」

「通行証ってわけか。それがあれば、誰でも中へ入れるのかなぁ？」

「さあ……けど、入ってくのは、若い侍ばっかりですよ」

「…………」

つい口走ってしまってから、だがさすがにまずい、と思ったのか、権八は気まずげに口を噤《つぐ》み、

「いいよ、そのとおりだよ」

重蔵は苦笑した。

もし屋敷の中に入るとしたら、重蔵よりはずっと若い者のほうが望ましいだろう。

(誰が中に入るかは別として、その割り符とやらを手に入れてみるか)

漠然と、重蔵は思った。

しかし、普通の方法で手に入れられるとは思えない。

(頼めば譲ってもらえるとも思えねえしな)

思案しつつ、だが重蔵は半ば腹を決めていた。

即ち、何処の誰に頼んで、それを手に入れるか、を。

(よりによって、俺の口からこんな頼み事しなくちゃならねえとはな)

問題は、ただその一点だった。

そのときの、青次の反応は概ね予想どおりのものだった。

「え？」

一瞬間耳を疑った顔つきになって言葉を失い、

「いま、なんて？」

当然のように聞き返してきた。

「だから、ある男の懐の中のものをすってもらいてえんだよ」

「旦那」

「あ、言っとくが、財布じゃねえぜ。まさかおめえに、他人様《ひとさま》の財布を盗れとは言わねえよ」

重蔵は慌てて言い足したが、もとより、そういう問題ではないだろう。勿論、重蔵とてそんなことは百も承知だが、ここは臆面《おくめん》もなく言い張るしかない。

「駄目か？」

「いえ、ほかならぬ旦那の頼みですからね。そりゃ、おいらだって、お役には立ちてえんですよ、でも……」

青次に酒を注《つ》ぎつつ、頭を下げんばかりにして言う重蔵に、当然青次は恐縮する。

先日、喜平次のことを知らせに来てくれた礼に、好物の鰻《うなぎ》をご馳走してやろうと誘われ、疑いもしなかった。蒲焼《かばや》きが焼きあがるまでのあいだ、一刻ほど、酒を飲みながら待つことになるが、その鰻を待つ間に、まさか、ここまでとんでもない話をされようとは。

「そうだよなぁ、無理な相談だよなぁ」

自らの猪口に注いだものをチビチビと舐めて口腔に注ぎながら重蔵は言い、さぐるような上目遣いで青次を見た。

既に彼の第一声を聞いた瞬間の衝撃は去り、青次の居心地悪さはその極に達しつつある。

「そうだよなぁ。いくらおめえが、《拳》の青次と呼ばれた名人でも、足洗って三年も経つんだ。指が動くわけはねえよなぁ」

「そんなことはありませんよ」

やや憤然として青次は言い返した。

「いまだって、指は動きます」

「本当か？」

「ええ」

「けど、この三年のあいだ、一度も他人様の懐狙っちゃいねえんだろ？」

「当たり前ですよ！」

「だったら、動かねえだろ。無理無理」

「冗談じゃねえ、そんな半端《はんぱ》な技で身過《みす》ぎしてきちゃいませんや。いまだって、この指は三年前と同じように動くし、なんなら、中抜きだっていけますぜ」

「中抜きってのは、財布の中から、金だけ抜き取るって技だろ？」

「ええ、任せてくださいよ」

　思わず胸を張って言い放ってしまってから、青次ははじめて、自らの口走った言葉の意味に思い当たった。

「そうか、やってくれるか」

「あの、そ、それは……」

「心配するな」

　焦る青次に、重蔵は力強く請け負った。

「他の同心や目明かしが間違っておめえを捕まえたりしねえように、俺がちゃんと手をまわしといてやるよ。だから、安心して、やれ」

「……………」

　呆気にとられた青次が再び言葉を失ったとき、まだ十二、三歳と見える店の小女が、焼きあがった鰻の載った膳を運んできた。周囲の話し声にかき消され、勿論重蔵と青次の交わした言葉は聞かれてはいまい。

甘く芳ばしい蒲焼きの匂いが、青次の思考を瞬時に奪った。


(よりによって、二本差しかよ)

重蔵から狙う相手を教えられたとき、青次は少しく顔を顰《しか》めた。

現役の頃から、武士は青次の獲物ではなかった。武士は、余程身なりのよい者でも、平素さほどの現金は所持していない。しかも、人殺しのための刃物を常備している。脇差ならともかく、二尺以上もある大刀の攻撃圏内から、咄嗟に身を退かせることは難しい。なまじ腕のよい者であれば、狙いを定めて近づいた瞬間、一刀両断されてしまうだろう。

危険が伴うわりには実入りの少ない相手を狙う馬鹿はいない。

「あの侍、剣術の腕はどうなんです?」

知ったところで気安めにしかならぬが、一応青次は問うてみた。

「腕はたいしたことねえんだが、金欲しさに辻斬りやらかして、少なくとも、二、三人は斬ってるな」

「え？」

重蔵の言葉は、青次には信じ難いものだった。

「人を殺したことのある奴は妙に胆《きも》が据《す》わってるからな、気をつけろよ」

（冗談じゃねえよ）

青次は泣きたくなった。

だいたい、「足を洗え」「二度と他人様の金を盗んじゃならねえ」と、飽きるほど繰り返し、青次を堅気にさせた男が、財布ではないというものの、他人様の懐を狙わせるものか。

（気をつけろ、って、一体なにを気をつけりゃいいんだよ）

青次は内心、泣きたくもなった。

しかし、重蔵が、伊達《だて》や酔狂で無体《むたい》な頼み事をしてくるわけがない。重蔵が頼んでくる以上、なにか余程の事情があるのだ。ならば、恩人の頼みを聞かぬほうはない。

（せめてこれが昼間だったら……）

泣き言を漏らしつつ、青次は獲物に近づいた。明るいところではそうでもないのに、闇の下では異様に勘が研ぎ澄まされる者もいる。

（しかも、辻斬りの常習犯なんだろ。なんでそんな野郎の懐狙わなきゃならねえんだ

よ）

武者震いではなく、本気で震え上がりながら、青次は獲物に近づいた。

既に戌の刻過ぎ。夜間であるため、白昼なら人波で溢れる広小路も人影疎《まば》らだ。

「あのう、もし――」

すれ違った瞬間、青次はその若い武士――由井順三郎に声をかけた。

順三郎は足を止め、無言で振り向く。

「これ、落とされましたよ」

と青次が差し出したのは、順三郎にとって見覚えのある青い綴錦《つづれにしき》の紙入れだった。

「あ！」

順三郎は狼狽《うろた》え、すぐに自らの懐をさぐってそれがないことに気づくと、

「そ、それは儂《わし》の財布――」

目を見開いて青次に近づく。

青次は自ら躙《にじ》り寄ってそれを順三郎の手に返すと、

「ドジな巾着切りが、すり損ねて落としたのかもしれませんね」

「なんだと？」

顔色を変えた相手の反応を待たず、即座に踵《きびす》を返して走り出した。

「おい」

背中に振りかけられる言葉も振り払い、一目散に逃げた。とにかく、大刀の攻撃圏内から逃れたい一心で——。

(真っ昼間なら、こんな芝居がかった真似はしねえんだぜ)

震えながら走る青次の背後で、刀を抜く気配も追ってくる気配もしなかった。

順三郎には、そのときなにが起こったのかもわかっていないだろう。

青次は先ず、すれ違う瞬間に順三郎の懐から紙入れを抜き、落とし物だと言ってそれを返す瞬間、油断してがら空きのその懐から、目的のものをすり盗った。余程大事なものなのか、財布よりももっと奥深いところにそれを呑んでいるとわかったとき、咄嗟に思いついたのだ。

「大丈夫か、青次?」

差し出される重蔵の手に、それを手渡すとき、青次の身の震えはまだおさまってはいなかった。

「大丈夫なわけ、ねえでしょう」

「すまなかったな」

申し訳なさそうな口調と裏腹、その口辺《くちべ》には笑いが滲んでいた。そして、青次から差し出される木の札を受けとると、忽ち満面の笑みに変わった重蔵の表情を、青次は決して見逃さなかった。

(なんだよ、このひと。《仏》どころか、鬼じゃねえかよぉ)

正直、怖くなった。

だが、怖いと思う気持ちの一方で、危険な相手の懐から目的物を抜いたその瞬間の昂ぶり——爽快感ともいうべきものを、青次は否定できなかった。

「いい腕だ」

そのときの重蔵の笑顔は、そんな青次のすべてを見透かしているかのようだった。

四

青次が順三郎からすり取った木札は、なんの変哲もない下足札《げそく》のようなものだった。

芝居小屋や寄席などで履物を預ける際に渡される、あの下足札だ。

(これ持ってったら、入れてもらえるかな)

ふと思ってから、だが重蔵は、入って行くのは若い侍ばかりだという権八の言葉を思い出して、苦笑した。

札には、十二番という番号が書かれている以外、特に所有者を特定できそうな記載はない。誰が持っていても同じだと思うが、それでは割り符の意味がないから、なにか、仲間うちにだけわかる微細な細工が施されているのかもしれない。

（悪党ってのは、そういうのが妙に好きだったりするからなぁ）

先日青次が言っていた、一味の仲間にだけ通じる符牒とやらも、その類《たぐい》だ。

だが、逆に言えば、符牒の意味がわかる者なら誰でも仲間ということになりはしないか。そもそも秘密などというものは露見するため存在するのだし、裏切るからこその悪党だ。

（だから、悪事なんてもんは長続きしねえんだけどな）

とまれ、札を盗まれた順三郎は屋敷を訪れることができなくなったのか、それきり自宅に閉じこもり、パッタリと外出しなくなった。或いは、いたるところに町方の目が光っていることにも頓着せず、無防備に町中を歩きまわる馬鹿息子に業を煮やした掃部助が座敷牢にでも閉じ込めたのかもしれない。何れにせよ、案内役としての彼の役目は既に終わっている。

問題は、件《くだん》の旗本屋敷であった。

宵の口に屋敷を訪れる順三郎のような武士たちは、皆翌朝には屋敷から出て来る。

気怠《けだる》げな様子で裏口から躙《にじ》り出、帰って行くさまは、さながら吉原の大門《おおもん》を出る遊冶郎《ゆうやろう》の風情だが、その疲労しきったさまは、遊興の果てのものだとしても少々甚だしすぎるように思われた。

武士たちが帰って暫くすると、幾つかの長持が屋敷から運び出される。その数は、だいたい三〜四個。多いときでも五つから六つ。二人がかりで担ぐため、十人からの人足が必要となる。これはかなり人目につくが、それを避けるためか、長持は、屋敷から運び出されると、一つ一つ、別の道を辿って行った。

すべての長持が運び出された後、最後に裏口から姿を現すのは、見るからに腕っ節自慢らしい破落戸風情の町人が二、三人である。彼らもまた屋敷を出ると、長持が持ち去られたところとは全く別の方角に向かう。

(おや?)

その日重蔵が見張っているときに、見覚えのある男が屋敷から出てきたのは、果たして偶然だったのだろうか。

(喜平次——)

薄く無精髭《ぶしょうひげ》を生やし、髪もボサボサであるため、かなり荒《すさ》んだ感じだが、元々強面なのでそういう形《なり》が見事にはまっていた。

仲間であろうか。喜平次よりは少し年若く見える男と連れだって、朝靄《あさもや》の中を去って行く。

重蔵は当然そのあとを尾行《つ》けた。

喜平次にはそのとき、道端の天水桶の影にひそんだ重蔵の姿がはっきり見てとれた。勿論、喜平次の目の良さがあってこその芸当だ。隣にいる文吉には見えていまい。

(さすがは旦那――)

内心の喜ばしさを隠すのに、喜平次は往生する。

先日喜平次が青次につなぎをとり、それを青次が重蔵に告げてくれたため、早速重蔵があの屋敷をつきとめてくれたと思ったのだ。

「おい、文吉」

喜平次は文吉に耳打ちした。

「尾行《つ》けられてる」

「え?」

即座に背後を振り返ろうとする文吉の腕を捕らえ、

「よせ」

喜平次は厳しく制止した。

「見るんじゃねえ。逆にこっちが顔を覚えられる」

「…………」

文吉は怯《おび》えた目をして喜平次を見返す。

「町方か火盗の手の者かまではわからねえが、あれは相当の腕だぜ」

「なんで俺たちを？」

「さあな。女を買いに来てる若様の誰かからでも足がついたんじゃねえのか」

「まさか……」

文吉の声音が薄く震えた。妙に胆が据わっていて、喜平次ですら不気味に感じるところもあるが、非力で、腕っ節のほうはからきしなのだ。だから、長持を運ぶ役からもはずされている。

「俺がひきつけるから、おめえは一人で先に行きな」

「兄貴」

「大丈夫だ。必ずまいてやるから」

「でも……」

「万が一捕まっても、絶対におめえらのことは吐かねえよ」

「…………」

「早く行け。捕まったら、ひでえ拷問が待ってるぜ」

「本当に、大丈夫かい？」

「ああ、必ずまくから」

片頬を歪めて、喜平次は笑ってみせる。凄みが増す、と言われる喜平次の自慢の笑顔だ。

「じゃ、じゃあ……」

「待て、文吉。隠れ家に帰っても、六兄貴たちには、このこと、言うんじゃねえぜ」

「…………」

「俺たちがドジ踏んだと思われるだけだからな。下手《へた》すりゃ、こっちが消されちまう」

「ああ、言わねえよ」

文吉は夢中で肯《うなず》いた。

「この先の辻、右へ行け。俺は左へ行く」

「ああ」

肯いて、文吉は言われるとおり、二股に分かれた道を小走りで右へ曲がった。曲がると同時に、夢中で駆け出した筈である。

文吉が走り去ったあと、喜平次は得たりとばかりに足を緩める。

「喜平次」

重蔵が、すぐ背後まで迫っていた。

「さすがは旦那だ。もうあの屋敷をつきとめましたか」

前を向いたままで喜平次が応えると、

「いや、ここへ辿り着いたのは、実は別の経路からなんだ」

とは言わず、

「あの屋敷は一体なんだ？」

重蔵はズバリ尋ねた。

「隠売宿《いんばいやど》ですよ」

抑揚のない声音で喜平次は答えた。

「拐かしてきた娘たちに薬を嗅がせて、人形みてえにさせといて、客に弄《もてあそ》ばせるんですよ」

「なんだと？」

「客は裕福な武士ばっかりです」

「で、娘たちは？」

「正気のない娘たちは長持に入れて運ぶんですが、何処に帰ってくのか、俺はその場所を知りません」

「で、おめえは何処《どこ》に帰るんだ？」

「内藤《ないとう》の、乗雲寺《じょううんじ》って荒れ寺です。腕自慢の荒くれが、常時十数人います。仕事は見張りと、長持運び。娘を拐かすときにも、長持を使ってるようです」

「なるほど」

　喜平次の話から、重蔵には組織の全容が凡《およ》そ見えはじめた。

「それより喜平次、おめえ、よく一味に潜《もぐ》り込めたな」

「まあ、顔が広いもんで」

　喜平次は苦笑し、チラッと重蔵を顧みた。重蔵は、紙のような無表情で喜平次を熟視していたが、少しも笑ってはいなかった。笑えるわけがなかった。

五

　話をすっかり聞き終えてからも、矢部の表情は殆ど変わらなかった。

（聞こえてないのかな？）

と疑いたくなるほど変わらないので、

「すぐに踏み込んでもよろしいでしょうか？」

身を乗り出しがちに重蔵は問うた。

バラバラに運ばれていた長持の行き先は、まもなく知れた。鉄砲洲《てっぽうず》にある船倉の一つで、表向きは、とある大店——呉服問屋の持ち物ということになっていた。船倉なので、平素人は近づかず、ときには船で長持を運ぶこともできる。実にうまい隠し場所といえた。

「娘らのほうが先だぞ」

無表情のままながら、不意に強い口調で矢部は言い、重蔵を驚かせた。

「踏み込むのであれば、娘たちの救出を優先せねばならぬ」

「はい、それはもう——」

「娘たちを救い出す前にこちらの動きを読まれれば、奴らは逃げる。娘たちは永遠に戻らぬ」

「…………」

「これまで決して尻尾を摑ませなかった拐かしの一味だぞ。ある程度、こちらの動きを察していると思ったほうがよい。間違っても、奉行所から大人数を繰り出すような真似をしてはならぬ」

（ああ——）

矢部の思慮深さに舌を巻くとともに、重蔵はその人としての優しさに感動した。

拐かしの一味が、こちらの動きを察しているかもしれないことは、重蔵にも容易く想像し得た。組織だった一味であれば、町方や火盗に間者《かんじゃ》を送り込むことは可能だろう。

だから重蔵は、調べにあたって、権八とその手先など、日頃自分が使っている者たちにしか声をかけなかった。人数を繰り出せばそれだけ早く調べがつくことはわかっていたが、派手に動けば、それが敵に筒抜けになるおそれがあった。

だが、奉行としての矢部が、一日も早い事件の解決を望むのであれば、同心たちを総動員すべきであったろう。矢部がそれをしなかったのは、ただただ、拐かされた娘たちが無事に親元に帰ることを望むが故だった。

（このお方は、心底お優しい——）

子供の頃から馴染んだ彦五郎兄のままなのだと今更ながらに知り、重蔵は嬉しくてならなかった。

（彦五郎兄——）

嬉しさのあまり、しばし眩しげに矢部の顔を見返していると、

「おい、なにをしている」

矢部は不審げに眉を顰《ひそ》める。

「早く行かぬか」

「は？」

「早く、娘たちを救いに行け、と言っておるのだ」

「は、はいッ」

指摘されて、重蔵は漸く我に返り、飛び上がるようにして膝立《ひざだ》ちになった。

「直《ただ》ちに、参ります」

そのままスッと立ち上がり、一礼して部屋を出た。

渡り廊下を足早に歩きながら、同心の、誰と誰に声をかけるべきか、瞬時に判断した。

奉行所から大人数で現場に向かえば、人目につくのは勿論、その人数故に機動力も損なわれる。だから、少数精鋭——本当に頼りになる者だけ、ほんの数人連れて行く。

その人選は、重蔵に一任されているのだ。

ガダッ、
と激しい音がして、戸板が表から不意に蹴破られた。

「なんだ！」

六兄貴とその両隣にいた男たちは、即座に立ち上がり、入ってきた者を出迎える。

「なんだ、てめえらッ」

入ってきたのは、黒紋付きの羽織に着流しの同心数名と鉄棒や刺又《さすまた》などの捕物道具を手にした目明かしとその手先たち。

「なにしに来やがった！」

六兄貴の間抜けな問いには答えず、口々に「御用」「御用」と叫ぶばかりである。

「畜生ッ」

「女たちを隠した鉄砲洲の隠れ家には先刻踏み込んだ。長持担ぎの人足どもは、皆、ろくに抵抗もせず逃げやがったぜ」

「なんだと！」

「あとはおめえたちだけだ。神妙にお縄につきな」

一歩進み出て言ったのは、この修羅場にはあまり相応しからぬ温厚そうな顔つきの武士だ。明らかに仕立てのよい黒縮緬の羽織の丈《たけ》は、近頃の流行《はやり》にのっているのか、やや短めだった。

「畜生《ちくしょう》、誰がむざむざ捕まるもんかよッ」

六兄貴が言い返したのを合図のように、中にいた男たちは揃って短刀や匕首《あいくち》などの得物を手に構えた。

本堂の中にいた破落戸は全部で十数名。

それに対して、踏み込んできた捕り方のほうは、同心二人と黒縮緬の与力、それに目明かしとその手先が三人の総勢六名だ。

いま堂内にいるのは、六兄貴をはじめ、皆腕自慢の荒くれたちである。なんとかなると考えたのだろう。

「この野郎――ッ」

わざわざひと声叫んでから、六兄貴は、黒縮緬の羽織を着た与力――戸部重蔵の真正面に立った。捕り方の中でも、一番弱そうだと踏んだのかもしれない。

手にした短刀を振りかざし、無茶苦茶に振りまわしてくるのを、だが重蔵は全部見切って余裕でかわす。大柄な六兄貴は無駄な動きが多く、酔いもまわっているため、足が縺《もつ》れがちである。

重蔵は素早くその懐に飛び込むと、大刀の柄頭《つかがしら》を、ぐッ、
と深く、抉《えぐ》るように六兄貴の鳩尾《みぞおち》へ突き入れた。

「ぐぅ」

短く呻いて悶絶し、六兄貴はその場に頽《くずお》れた。頽れたその後頭部を、鞘ぐるみの刀身で強《したた》か打ち据え、完全に昏倒させる。

「無理するんじゃねえよ、喬」

緊張と恐怖で少しく震えている林田喬之進に背中から言い置き、

「喬に怪我させるなよ、吉村」

場慣れした吉村にも念を押して、重蔵は更に前へ出た、倒れ込んだ六兄貴の体を踏み越えて。

一味の中では最も豪の者である六兄貴が軽くあしらわれたのを目《ま》の当たりにして、他の者たちには明らかに動揺がひた走っている。

吉村はそれを見逃さず、重蔵のあとに続いて大きく踏み出した。そこに匕首を構えた髭面の男がおり、かかってくるのを待たず、手にした十手でその手元を強《したた》かに打ち据えた。

「うッ……」

男は匕首を取り落として蹲《うずくま》り、それきり立ち上がる様子はない。吉村新兵衛もまた、一刀流の使い手だ。下手をすると、手首と手の甲の骨を折られているかもしれない。

そのあいだにも、重蔵は素早く動いて、斬りかかってくる破落戸どもを、次々と倒していった。

ほどなく、堂内にいた全員が打ち倒され、権八とその手先の手によって縄をうたれてしまうまで、ものの寸刻とはかからなかった。

もとより、お縄となった者たちの中に、喜平次はいない。


重蔵らが踏み込んできたとき、喜平次はいち早くそれを察し、堂内を抜け出していた。まさか、一味の仲間として重蔵らを迎え討つわけにはいかないし、かといって、町方側の者として、いまのいままで仲間だった者たちに刃を向けるのも気が進まない。

こういうとき、誰にも正体を知られるべきでない密偵は、人知れず姿を消すのが望ましいということを、誰に教えられたわけではないが、喜平次は熟知していた。

騒ぎに紛れて堂内から出たが、しばし寺の境内に潜み、やがて捕り物が無事に終わるのを見届けた。

見届けて、全員が捕縛されたことを確認するのが自分の務めだと思っている。なにしろ一味の顔を知るのは自分だけなのだから。

（文吉がいねえな）

お縄となり、引かれてゆく一味を表通りで見送る際、喜平次はそのことに気づいて意外に思った。腕っ節自慢というわけではなく、女を誑し込む以外、特に際立った特技を持つとも思えない文吉が、まさか難を逃れるとは。

（意外にすばしこい奴だったんだな）

そのとき、捕り方に踏み込まれて、狭い堂内は忽ち混乱を来《きた》した。殆どの者は酒を食らって酔いどれていたし、飲んでいない者は皆、横になって仮眠をとっていた。夜の、見張りの仕事や長持運びに備えて昼間は体を休めるのだ。

だから、突然の闖入者《ちんにゅうしゃ》によって叩き起こされたとき、眠っていた者たちの混乱は、酒を飲んでいた者たち以上だった。

その混乱に動じることなく、密かに身を処して逃れた文吉のことが、喜平次には何故か気になった。

文吉が喜平次を見る際の、じっとりと湿ったような視線、陰鬱《いんうつ》な瞳の色が、そのとき喜平次の脳裡にまざまざと甦《よみがえ》ってきたのだ。

(野郎、何処行きやがった?)

胸騒ぎがした。

先ずは重蔵に話してみるべきかもしれないが、それでは遅すぎる気がして、喜平次は無意識に走り出していた。


「もうし、ごめんなさいよ」

表で、呼ばわる男の声がした。

昼間から冷や酒を呷《あお》ってうとうとしていたお京はハッと目覚め、既に日が傾いていることを知った。

(いやだ。もうこんな時刻だよ)

完全に日が落ちてしまってからでは遅いので、慌てて行灯《あんどん》に火を入れる。以前はなんとも思わなかったのに、喜平次が去ってからというもの、一人暮らしの家に闇が訪れることを、お京は極度に嫌うようになった。

だから、油が勿体ないと承知の上で、まだ陽のあるうちから、行灯に火を入れてしまう。

「もうし、ごめんなさい」

男の声が、重ねてお京を呼んでいる。

なんだろう。この時刻なら、さしずめ馴染みの棒手振りか。

お京の家は路地裏の奥まったところにあるため、表通りを行く棒手振りの声は殆ど聞こえない。そのため、魚屋や八百屋は言うに及ばず、煙管《きせる》の羅宇屋《らうや》や包丁研《と》ぎにいたるまで、生活に必要な振売《ふりうり》とは顔馴染みになり、家の前まで来てくれるよう、話をつけてある。

魚屋と八百屋はほぼ毎日、羅宇屋、研ぎ屋も十日に一度ほどの割で、必ず立ち寄ってくれる。

(研ぎ屋さんかしら?)

思いながら、お京はゆっくりと立ち上がった。

魚屋や八百屋など、食べ物を商う者なら朝のうちに訪れる筈だし、煙管を使う者がいなくなったため、羅宇屋には昨日、当分立ち寄らなくていい、と言い渡した。よく考えたら、煙管の羅宇竹の取り替えなど、実際に煙管を使う者が店まで足を運べばいい話だ。そんなことまで世話を焼いてやろうとしていた自分が滑稽で、お京は我知らず苦笑した。

（あんな薄情な奴、帰ってきたって、もう知らないよ）

　ふらふらと玄関口に立ち、

「何方《どなた》？」

　問い返すと、

「喜平次兄貴に言いつかってきました」

　障子の外の声は、意外なことを言った。

（え？）

　驚くとともに、お京は反射的に戸を開けていた。

「あのひとが、どうしたって!?」

　障子戸を開け放った先に、見知らぬ男が立っている。年の頃は三十そこそこ。いや、三十前か。整った顔立ちながらも、射抜くような目で真っ直ぐお京を見つめてくるその視線に、何故か一抹《いちまつ》の険《けん》があった。

「あんた、誰？」

「文吉っていいます。喜平次兄貴の、弟分てところです」

「あのひとが、どうしたの？」

「立ち話も、なんですから」

入れ、とも言わぬのに、ぐいぐい中に入ってくる文吉に、お京はさすがに戸惑った。

だいたい、喜平次の弟分だと言った瞬間から、お京の胸には不審しか過《よ》ぎっていない。

一人働きの盗っ人だった喜平次に弟分などいよう筈もなく、表稼業の博徒については、まして況《いわん》やである。

（こいつ、一体何者なのさ）

気味悪く思って後退ったお京の眼前に、不意に刃物が突き出された。

文吉の手には匕首が握られている。

「あんた……」

「姐さん、なんて名前？」

薄笑いを浮かべた顔で文吉は問うた。

「な、なんだい、お前――」

「ねえ、聞かせてよ。なんて名前なの？」

「…………」

内心震えながら、お京は無言で後退るしかなかった。その鼻先に匕首を突き付けつつ、文吉はジリジリと迫ってくる。

「なんだよ、ただの年増じゃねえか。こんなばばあ、どこがいいんだよ」

やおらぞんざいな口調になると、文吉は一気に間合いを詰めてきた。

お京は反射的に身をかわす。

咄嗟に身をかわし、部屋の障子をピシャリと閉めた。

「ッて！」

匕首を持った文吉の手が障子に挟まれ、文吉は容易く悲鳴をあげた。

「痛いよ、姐さん」

その声音に怒りの色が濃く重なったとき、お京は転がるように部屋に駆け込み、使い慣れた三味線の撥を手にとっていた。

「痛ぇじゃねえかぁ！」

かん高い叫びとともに障子を開け放った文吉は、その切れた叫び声とは裏腹、冷めた顔つきで部屋に入ってきた。

「死ねよ、ばばあッ」

匕首を、お京めがけて振り下ろしてくる文吉に対して、身を避けつつも、お京は夢中で撥を振るった。

「チッ」

撥の先が、文吉の頬を掠《かす》める。

「なにすんだよ、ばばあッ！」

文吉は真っ赤な口腔の奥まで見せて騒ぎ、匕首の切っ尖を、ピタリとお京の胸元に合わせた。部屋にはもうそれ以上、後退れる余裕はない。

柱を背にして立ち尽くしながら、

（もう、駄目——）

お京は覚悟した。

思わず目を閉じたその瞬間、

「ひとの女を、ばばあ呼ばわりしてんじゃねえよ」

耳慣れた男の声音がすぐそばで聞こえ、忽ち脱力してしまう。恐る恐る目を開けると、見馴れた強面が、文吉に詰め寄ったところだ。

「てめえ、どういうつもりだ」

「兄貴」

喜平次の出現を、だが別段驚きもしないのか、文吉は無表情に彼を見返す。

「意外と早かったね」

「文の字、てめえ……」

「残念だな、姐さんの死体に出迎えられる兄貴の顔が見たかったのに」

「なんだと！」

「兄貴が、奉行所の密偵《いぬ》だってことは、はじめから知ってたよ」

「落とし前、つけに来たのか？」

喜平次の顔が瞬時に強張《こわば》る。

「別に。おいらはどうでもいいんだ、そんなこと。密偵だろうがなんだろうが、兄貴は兄貴だし――」

「お、おめえ、俺が密偵だと承知の上で、仲間に誘ったのか？」

「ああ、あの一味も、そろそろ鬱陶《うっとう》しくなってたからね。兄貴のせいでガサが入るなら、それもいいかなって思ってたよ」

「……」

淡々と語る文吉のことが、喜平次には心底気味悪く思えた。

（じゃあ、こいつは一体、なんのためにお京を殺しに来やがったんだ？）

わからない。わからないものは須《すべか》らく恐ろしいのだ。

だが文吉は、喜平次の怖れなど気にもとめず、淡々と言葉を吐き続ける。

「許せなかったのはさ、兄貴が密偵になった理由だよ」

「理由?」

「その女のためなんだろ?」

「え?」

「よりによって、女なんかのために、密偵に成り下がるなんて、情けなくねえのかよ」

言い募《つの》りながら、文吉の面上に、はじめて怒りの色が滲んだ。

「だから、兄貴を堕落させたその元凶を消してやったら、兄貴も元の兄貴に戻ってくれるんじゃねえかと思ったのさ」

「てめ、何、わけのわかんねえこと言ってやがんだ。俺が密偵になったのは別にお京のためじゃねえし、堕落したとも思ってねえよ」

喜平次はたまらず言い返す。

「俺が密偵になったのは、あるお方の心意気に惚れたからだし、そのお方のために働くことに、なんの後ろめたさも感じねえよ」

「もう、どうでもいいよ。兄貴なんか、大嫌いだ」

投げ遣り気味に言うなり、文吉はその刃を、喜平次に向けてきた。

「よせ」

喜平次が止めるのも聞かず、そのまま喜平次の胸元めがけて突っ込んでくる文吉の切っ尖を避け、

「死にてえのか」

避けざま、突き出された文吉の、匕首を持った手を強く捕らえる。

「うッ……」

文吉の手から容易く匕首が落ち、喜平次はその手を軽く捻りあげると、その場に易々《やすやす》とおさえつけた。元々非力な文吉である。相手が女ならともかく、喜平次には到底敵《かな》うわけもない。

「殺せッ」

押さえつけられながら、文吉は喚いた。

「殺せよッ」

「うるせえな。近所迷惑だから、大声だすな」

「だったら、殺せよ。殺してくれよぉ〜ッ」

「ああ、やかましい」

喜平次は文吉の後頭部に、ぐわッと一撃、拳固をくれた。

「おめえを裁くのは、俺の仕事じゃねえんだよ」

文吉は容易く昏倒し、それで漸く静かになった。

「そいつ、何？」

喜平次の背後からおそるおそると近づいて、お京は問うた。

「何って、拐かし一味の仲間だよ。薄気味悪い奴だとは思ってたが……なんでおめえを狙ったのか、わけがわからねえ」

「あんたのこと、好きだからじゃない？」

「え？」

「よかった……」

驚いて顧みようとする喜平次の背中に、お京がそっと身を凭《もた》せた。

「無事で……よかった」

「お京」

お京の体の温みを着物越しにも膚《はだ》に感じて、喜平次は戸惑った。

（文吉が言ったことも、強《あなが》ち間違っちゃいなかったのかな）

足を洗って堅気になることはできなかったが、こうして自分を待っててくれる女がいると思えばこそ、危険な密偵の仕事を苦もなくこなせる。その気持ちだけは、堅気であると思ってもよいのではないか。

「すまねえな」

背中から言って、喜平次はお京の手をそっと握りかえした。できればその体を抱き返したかったが、足下に文吉を転がしたままではそれはかないそうになかった。

※　※　※

「結局、一味の頭《かしら》には逃げられちまったんですね」

「ああ、残念ながら」

懐手で鼻歌を口吟《くちずさ》んでいた重蔵は短く応え、ふと足を止めた。

川縁を上って今戸橋、山谷堀のあたりまで来ると、遥かに筑波《つくば》の山並みが望める。

土手に群生する紅梅は満開で、清《さや》かな香りが鼻腔を刺激した。まだ多少雪の残るところもあるが、春はそう遠くないだろう。

「用心深ぇ野郎で、あの隠れ家には一度も姿を見せませんでしたよ。……文吉が入った頃には、一、二度顔を見せたようですが」

「そうか」

重蔵の数歩後ろで足を止めた喜平次を、重蔵は顧みる。

「文吉は、頭《かしら》の顔を見ているのだな」

「ええ。頭のいいお人だと、褒めてました」

「確かにな」

「拐かしてきた娘たちを薬で眠らせて、町方には手出しのできねえ旗本屋敷で客をとらせる。それも、屋敷に出入りするのが不自然じゃねえ、旗本のガキども相手に。その屋敷も、同じような家格の屋敷を何軒かまわしてるから、特定できねえし……あきれるほど利口な奴ですよ」

（そしておそらく、貧乏旗本を簡単に使える立場にある人間だ）

喜平次には言わず、重蔵は己の胸の裡でだけ、思った。

旗本屋敷を隠売宿として使うにあたり、一味の頭は、その強大な財力に物を言わせて屋敷の主人らを言いなりにさせたのだ。

矢部は、それらの屋敷の主人らにも厳しい科《とが》を申しつけると脅せば、頭の名を明かすとふんでいるようだが、重蔵はそうは思わない。

何故なら彼らは、なにもかも承知の上で、自邸を隠売宿に提供したのだ。

武家の誇りよりも実利を選んだ者には、実利の伴わぬ脅しなど無に等しい。罰を下されるといっても、せいぜい閉門蟄居《ちっきょ》程度だろう。お家をお取り潰しにするほどの権限は、町方にはない。となれば、しばらくのあいだ体裁の悪い思いをすればいいだけで、彼らにとっては痛くも痒くもないのである。それよりも、いざというとき無条件で金を出してくれる金主元《きんしゅもと》を失うほうが怖いに決まっていた。

だから彼らは頑として口を割るまい。

一味の頭——黒幕は、旗本屋敷にも影響力を及ぼす人物、絶大な経済基盤を持つ者……たとえば、札差のような立場の者ではないかと重蔵は考えるが、それは未だ誰にも言えない。その推量は、なんの確証もない現状ではあまりに現実離れした、荒唐無稽《こうとうむけい》な妄想でしかない。

(とにかく娘たちを無事に取り戻せた。それだけで、いまはよしとしなきゃならねえ)

重蔵は自分に言い聞かせた。

お民もお美津も、無事に親許に帰ることができた。もとより、薬を嗅《か》がされ、夜毎無垢な体を見知らぬ男たちに弄《もてあそ》ばれていたのだから、「無事」といっては語弊《ごへい》がある。その心の傷は、おそらく底無しに深い。だが、

(命があるだけで、ただそれだけで……)

充分ではないか、と重蔵は思った。

祈りであり、願いであり、重蔵の心底から発する悲痛な叫びでもあった。

(生きてさえいれば、それだけでいいじゃねえか)

重蔵の脳裡には、いまなお、愛《いと》しい女の儚《はかな》い死に顔がある。消すに消せない悲しい顔だ。そんな悲しい死に顔を見なければならぬ者を、一人でも減らす。

それが、己に課せられた使命なのだと、重蔵は思うことにした。そうとでも思わねば、ときに、息をしていることさえ堪え難く思えてしまう。

「なあ、喜平次」

呼びかけながら、ゆっくりと顧みる。

「…………」

顧みた瞬間、重蔵のすぐ眼前に立っていたのは、

「旦那」

他でもない青次だった。

「え？」

「ひでえよ、旦那」

青次は真顔で訴え、その半歩後ろで、喜平次が声を殺して忍び笑っている。

「…………」

「おいらを、喜平次兄貴と同じく密偵《いぬ》にするってんなら、ちゃんと、そう言ってくれなきゃあ」

事も無げに青次は言い、

「旦那の頼みなら、聞かないわけがねえでしょう」

それ以上は照れ臭かったのか、顔を背《そむ》けてしまった。

「青次、俺は……」

「おっと、やめてくださいよ、旦那」

慌てて重蔵の言葉を止めたのは喜平次である。

「旦那の口から、湿っぽい言葉は聞きたくねえや、なあ青次？」

「ああ、聞きたくねえよ」

至極ぞんざいな口調で、青次は言った。

「おめえら、いつのまに……」

重蔵は半ば茫然と二人を見くらべた。

盗っ人と掏摸。言うまでもなく同業者だ。同業者同士が苦もなく結託してしまうこういう状況が怖いから、密偵の扱いには細心の注意をはらわねばならないということは、火盗の頃に学んでいたはずなのに……。

「まあ、そのへんで一杯やりましょうよ、梅でも見ながら」

「元々そのつもりで来たんだし、ね、旦那」

「そうだな」

仕方なく、重蔵は同意した。

土手を渡る風はまだ肌寒いが、河原には車座になって酒盛りする者たちの笑い声が響いている。

春は、本当に、もうすぐそこまで来ているのだろう。

時代小説

二見時代小説文庫

密偵《いぬ》がいる　与力《よりき》・仏《ほとけ》の重蔵《じゅうぞう》2

著者　藤《ふじ》 水《み》名《な》子《こ》

発行所　株式会社 二見書房
東京都千代田区三崎町二-一八-一一
電話　〇三-三五一五-二三一一［営業］
　　　〇三-三五一五-二三一三［編集］
振替　〇〇一七〇-四-二六三九

印刷　株式会社 堀内印刷所
製本　ナショナル製本協同組合

落丁・乱丁本はお取り替えいたします。
定価は、カバーに表示してあります。

 ISBN978-4-576-14067-4
http://www.futami.co.jp/

二見時代小説文庫

氷月 葵	公事宿 裏始末1〜3
浅黄 斑	無茶の勘兵衛日月録1〜17
	八丁堀・地蔵橋留書1〜2
麻倉 一矢	かぶき平八郎 荒事始1〜2
	とっくり官兵衛酔夢剣1〜3
井川 香四郎	蔦屋でござる1
大久保 智弘	御庭番宰領1〜7
	火の砦 上・下
大谷 羊太郎	変化侍柳之介1〜2
沖田 正午	将棋士お香 事件帖1〜3
	陰聞き屋 十兵衛1〜5
風野 真知雄	大江戸定年組1〜7
喜安 幸夫	はぐれ同心 闇裁き1〜12
楠木 誠一郎	もぐら弦斎手控帳1〜3
倉阪 鬼一郎	小料理のどか屋 人情帖1〜10
小杉 健治	栄次郎江戸暦1〜11
佐々木 裕一	公家武者 松平信平1〜9
武田 櫂太郎	五城組裏三家秘帖1〜3
辻堂 魁	花川戸町自身番日記1〜2
花家 圭太郎	口入れ屋 人道楽帖1〜3
早見 俊	目安番こって牛征史郎1〜5
	居眠り同心 影御用1〜13
幡 大介	天下御免の信十郎1〜9
	大江戸三男事件帖1〜5
聖 龍人	夜逃げ若殿 捕物噺1〜10
藤 水名子	女剣士 美涼1〜2
	与力・仏の重蔵1〜2
藤井 邦夫	柳橋の弥平次捕物噺1〜5
牧 秀彦	毘沙侍降魔剣1〜4
	八丁堀 裏十手1〜6
松乃 藍	つなぎの時蔵覚書1〜4
森 詠	忘れ草秘剣帖1〜4
	剣客相談人1〜11
森 真沙子	日本橋物語1〜10
	箱館奉行所始末1〜2
吉田 雄亮	侠盗五人世直し帖1